# 헬로, 스트레인져

서아

스마트폰 세대의 사랑법,
틴더에서 만난 사람들에 대한 이야기

또는 관계의 생로병사,

우리 삶의 다양한 관계 이야기

# Prologue

## 관계의 생로병사

사람들이 이거 러브 스토리냐고 물었다. 안타깝게도 아니다. 감정적 상처의 기록 같은 사치품도 아니다. 좁은 의미에서 이 책은 나와 내 주변 사람들이 자발적 의지로 사용한 'Tinder(이하 틴더)'라는 소셜데이팅 앱을 통해 생성된 '관계의 생로병사'가 담긴 책이다.

불쏘시개라는 영문 의미를 지닌 틴더는 2012년에 개발되었다는데, 나는 2015년 독일에서 체류하던 시절 대학교 동기들과의 낮술 자리에서 처음 틴더를 소개받았다. 군사용 목적으로 개발된 GPS를 이용해서 이성을 찾는 앱이라는 친구의 설명에 적잖게 충격을 받았다. 이 앱에 대한 나의 첫인상은 오락실 게임을 연상케 했다. 상대방의 사진과 프로필을 보고 오른쪽 스와이프 LIKE 또는 왼쪽 스와이프 NOPE로 스마트폰 화면을 쓸어내리며 호불호만을 선택하도록 구성한 단순한 오락물 같았다. 상대를 탐색하는 옵션도 단 세 가지로 성별, 나이 범위, 상대와의 반경 거리뿐이었다. 앱의 하루 스와이프 횟수만 20억 건을 기록한다니 신기할 따름이었다.

고백건대 나는 인연은 교통사고처럼 찾아온다는 말을 맹신해 오던 사람이었다. 즉, 애초에 내 선택권 밖의 일이라 여겼고, 무조건 갖춰 입고 나가서 특정한 상황에 놓여야만 누군가와 연결된다는 전통적인 사고에 갇혀 있었다. 그러다 어느 날 접촉사고처럼 이 앱을 만났다. 텅 빈 침대에 누워서든, 언제 어디서든, 내 손으로 선택한 상대에게 마음껏 호감을 드러낼 수 있게 해준 이 기술 문명에 환호하던 나의 순진무구한 첫날 밤을 쉽게 잊지는 못하겠다.

사실 처음 며칠 사용해 본 후, '손끝만 뻗으면 인연이 시작돼'라고 홍보하는 틴더가 훅업 문화HOOK-UP CULTURE, 모르는 사람과 만나 하룻밤을 즐기고 헤어지는 문화를 말함만을 조장하는 플랫폼이 아닌가 하는 의구심이 들었다. 이 앱의 파급력을 사회학자나 심리학자들은 어떻게 바라보는지 궁금해서 여러 기사와 책을 뒤적이기도 했다. 틴더가 홍보·마케팅의 일환으로 '사랑과 섹스를 분리해도 괜찮다'라는 분위기의 서구 문화를 이용해서 사람들의 흥미를 끈 것이라는 의견도 있었다. 반면에 섹스를 위한 만남 역시 자유로운 개인의 욕구 표출과 성적 자기결정권에 의한 것이므로, 이것을 흑백논리나 이분법의 잣대를 두고 보는 것은 애초에 무의미하다는 견해도 보였다. 공통적인 결론은 이미 전 세계 190개 이상의 나라에서 사용되는 이 앱을 하나의 새로운 '문화적 현상'으로 봐야 한다는 것이고, 주목해야 할 점은 사람들이 틴더 안에서 이전과는 비교할 수 없을 만큼 훨씬 더 다양한 만남의 기회를 얻게 되었다는 사실이다.

몇 달 정도 더 분석해보니, 내 친구들을 비롯한 상당수의 틴더 사용자들이 저마다 구체적인 이유로 이 앱을 사용하는 것으로 보였다. 장기적 FWB**FRIENDS WITH BENEFITS,** 서로의 필요에 의해 가끔 성관계를 맺는 친구나 ONS**ONE NIGHT STAND,** 하룻밤의 섹스 상대를 원하는 이들도 있었지만, 퇴근 후 영화나 콘서트를 보러 가자며 자신의 취미나 취향을 공유하고 싶어 하는 사람도 많았고, 주말에 커피 한잔할 동네 친구나 언어교환 상대를 찾는다든가, 낯선 도시에서 현지인과 함께 근사한 식사를 해보고 싶다며 프로필을 재치 있게 꾸며놓은 사람들을 더러 발견할 수 있었다. 대부분은 당장 결혼 상대를 찾겠다는 생각으로 이 앱을 사용하는 것이 아니었다. 서로의 욕구에 동의하는 새로운 만남을 '능동적인 자세'로 찾겠다는 태도가 틴더의 핵심이었다. 게다가 상호 동의 방식<sup>DOUBLE OPT-IN</sup>에 의해서만 채팅창이 열리는 시스템 덕에 만남의 시작인 대화를 큰 혼란 없이 시도해 볼 수 있다.

나는 지난 5년 동안 시각 예술가로서, 작업 활동을 위해 베를린, 뮌헨, 글래스고, 서울 등의 도시에 거주하며 비정기적으로 틴더를 애용했다. 결과적으로 493명과 매칭이 되었고, 24명을 오프라인에서 만났으며, 그중 두 명과는 연인 사이로 발전해 6개월 이상 만남을 이어갔다. 다양한 국적의 내 친구 몇몇은 이 앱에서 만난 남자와 여러 해 동안 서로에게 전념하며 평탄한 관계를 유지하고 있다. 어떠한 이유로 시작했던 틴더라는 매개체를 통해 서로의 세계를 알아가고 감정을 공유하며, 오해를 극복해 가는 장기적인 만남이 성공하기도 한다.

돌이켜보면 여느 인간관계가 그렇듯 씁쓸하고도 쓸쓸하게 흘러간 만남들도 있었지만, 나와 각별해진 사람들과의 시간은 현재 이성을 판단하는 나의 기준과 삶의 태도까지 영향을 미쳤다. 그들과 수없이 웃고, 또 좌절하고 번민하며 이어갔던 애정 생활이, 삶의 크고 작은 변화를 이루게 한 그 모든 강렬했던 순간이, 시간에 밀려 자꾸만 어딘가로 새어 나가는 것만 같아서, 그들을 조금 더

내게 머물게 하려고 책을 쓰는 지도 모르겠다.

이 책은 나와 내 친구들이 틴더로 알게 된 남자들을 애정 어린 시선으로 관찰한 기록물일 수도 있고, 바쁜 일상 속에서 연애 감정의 가치를 재발견하게 해 준 그들에게 쓴 부치지 못할 편지일 수도 있으며, 어쩌면 이상적인 인간관계 만큼은 포기하고 싶지 않은 우리들의 이야기일 수도 있다.

행여나 한여름 밤의 꿈결 같은 일화로만 느껴지거나 한숨이 뒤섞인 장황한 넋두리로 들리지 않을까 조심스럽지만, 앞으로의 내용이 동시대를 살아가는 이들에게 선택(오른쪽)과 거절(왼쪽)이라는 일종의 놀이 같은 이 거대 인터페이스 안에서, 부끄럽지 않을 자신의 욕망에 조금 더 충실하도록 자극하는 불쏘시개 같은 책이 되기를.

2020년 초여름
서 아

# 목차

Chapter 1
# 적당한 거리의 관계

# 줄다리기의 규칙

**M** 26

수영강사가 되고 싶었던 자산관리사

그녀는 그 누구의 도움도 없이 유유히 헤엄쳐
나아갔다.

11월의 어느 금요일 저녁, 그녀는 스타벅스 안에서 출입구 유리문을 바라보고 앉아 뜨거운 커피를 마시고 있었다. 단단히 여민 진회색의 롱코트에 검은 서류 가방을 들고 그녀 앞에 나타난 M은 첫인사를 건넸다.

　　"안녕하세요, 늦어서 미안해요. 일이 늦어져서 회사에서 바로 오는 길이에요."

　　검은 트레이닝 바지 위에 파란 스웨터를 입은 그녀는 빈손으로 등장한 M을 보고 당황한 기색이 역력했다. 커피 한잔하고 함께 수영장에 가기로 약속했었기 때문에 당연히 캐주얼한 차림에 스포츠 가방을 짊어진 모습을 예상했다. 첫 데이트 장소로 수영장을 제안한 것은 여자 쪽이었다. 그녀는 취미로 수영을 하며 스트레스를 풀고 사는 잡지사 에디터였다. 심리학을 전공하고 어쩌다 영화 칼럼을 기고하는 일을 시작해, 주말에도 영화를 세 편씩은 봐야 하는 그녀에게는 수영이 스크린으로부터 눈을 쉬게 해주는 유일한 방편이었다.

그녀는 흠잡을 데 없는 뒤태를 은근히 드러내며 전직 해군이라고 소개한 M의 틴더 프로필에 매료되어 'Like'를 보냈고, 그도 투명한 물속을 헤엄치는 그녀의 사진에 이끌렸는지 두 사람은 자연스레 메시지를 주고받는 사이가 되었다. 그녀가 다니는 수영장은 M의 집에서 걸어가도 될 만큼 가까워서, 그녀는 다른 도시에서 이사 온 지 얼마 되지 않는 그에게 대수롭지 않은 듯 같이 한번 가자고 했다. 수영복 입은 모습을 공개해야 한다는 사실 때문에 짐짓 도발적인 첫인상을 주게 되었다고 생각했지만, 컴컴한 영화관에서 꼼짝하지 않고 두 시간을 보내는 것보다는 대낮같이 환한 공공장소에서 각자의 페이스대로 수영을 즐기는 데이트가 훨씬 짜릿하고 참신하게 여겨졌다.

M은 그녀와 수영장 가는 길목에 잠시 집에 들러 가방을 챙기기로 하고서 함께 커피숍을 나섰다. 두 사람은 11월의 매서운 밤공기에도 아랑곳하지 않았고, 뜨거운 입김 사이로 연신 농담을 주고받으며 천천히 걸었다. 금요일이라 10시까지 오픈하는 그 수영장은 제법 많은 사람으로 붐볐다. 바깥 날씨와 대조되는 낯설고도 익숙한

광경이었다. 단정한 흰 원피스 수영복을 입고 두리번거리며 몸을 풀던 그녀 앞에 온몸이 살굿빛 광택제에 적셔진 듯한 피부의 M이 검은 웨이크 팬츠를 입고 다가왔다. 애써 그의 두 눈만을 응시하며 9시 반까지 각자 자유 수영을 즐겨보자고 말한 그녀는, 25m를 한 번의 숨으로 잠영하는 M의 실력에 감탄하며 뒤따라 헤엄쳤다.

저녁 수영을 즐기는 사람들을 피해 한산한 유아용 풀장에 앉아 숨을 고르기로 한 두 사람은 수면 위로 드러난 서로의 살결을 바라보다 잔잔히 미소지었다. 인사치레인 듯 그녀의 자유형을 칭찬하며 다가앉은 M은 어려서부터 물에 관련된 모든 스포츠를 좋아했고, 수영대회에도 여러 번 나갔다고 말했다. 하지만 고등학교 때 부모님이 갈라서게 되면서 최대한 빠른 독립을 위해 취업률이 높다는 경영학을 선택했다고 자신을 소개했다. 그는 두 손으로 이마를 쓸어 올렸다. 이직한 회사에서 정신없이 보낸 한 주의 피로가 풀리는 느낌이라며 웃는 M에게 그녀는 마지막 연애가 언제였냐고 불쑥 물었다. 놀랍게도 얼마 전까지 40대의 패션디자이너와 일 년 정도 만나다 헤어졌다는 그는, 그 여자가 자신을 인형처럼 데리고 다니며 옷을 입혀보려 들지 않았더라면 더 오래 만날 수도 있었을 거라고 덤덤하게 대답했다. 이어서 상대적으로 삶에 경험이 많은 연상에게 끌리는 편이라고 덧붙이며 그녀를 지그시 쳐다보았다. 자신보다 4살 어린 M의 눈빛에 왠지 압도되는 느낌을 받은 그녀는 흠칫 놀라서 어쩔 줄 몰라 했고, 두 사람은 수영장 폐장을 알리는 소리에 서둘러 자리를 떠야 했다. 낯가림이라곤 찾을 수 없는 M을 신기해하던 그녀는 그날 이후 몇 번 더 그와 짧은 수영장 데이트를 반복했다. 그녀는 M에게 어느 정도 이성적으로 끌린 건 사실이지만, 감정을 배제한 채 종종 스포츠를 함께 즐기는 '건강한 거리감'을 유지해보고 싶었다.

어느 주말 저녁, 어김없이 수영장 앞의 교차로에서 살짝 덜 말린 머리를 찰랑거리며 인사하는 그녀에게 M이 한잔하고 싶은데 같이 가겠냐고 물었다. 더욱이 수습 기간의 마지막 주를 기념하고 싶다기에 그녀도 거절하지 않고 근처 선술집으로 들어가 위스키사우어를 한잔 씩 주문했다. 물을 마시듯 잔을 기울이는 M은 그녀에게 FWB에 대해 어떻게 생각하냐고 물었고, 그녀에겐 생소한 단어였지만 어차피 비혼을 꿈꾸던 자신에게 꼭 부정적인 관계는 아니라고 생각한다 답했다. M의 질문 의도를 어느 정도 파악한 그녀는 그에게 FWB 관계에도 수습 기간이 필요하지 않겠냐며 농담을 던졌다. 취기가 조금 오른 M은 그녀가 원한다면 무엇이든 좋다는 말로 능청스레 맞받아치고서 이만 자신의 집으로 가자며 그녀의 손을 살며시 끌어다 자신의 팔에 걸치도록 만들었다. 누구든 얼핏 보면 그들은 12월의 거리에서 흔히 볼 수 있는 연인의 뒷모습이었다.

흔한 장식품이나 블라인드조차 없는 M의 집 안은 흡사 고전 SF영화 분위기를 풍겼다. 가장 먼저 눈에 띈 것은 침실 방문이었다. 거실 불빛을 투과시킨 유리 재질의 문을 불 꺼진 방안에서 바라보자니 마치 어두운 우주선이 태양권 계면에 가까워진 장면을 연상시켰다. 두 번째로 보인 그의 차가운 침대는 그녀가 앉았을 때 발이 공중에 붕 뜨게 될 만큼의 높이를 자랑했다. 그리고 바닥엔 푸틴의 얼굴이 보이는 잡지 한 권과 영원히 녹슬지 않을 듯한 강철 덤벨들이 널브러져 있었다.

이미 수영장에서 샤워했던 두 사람은 침대 앞에 서서 그동안 지켜오던 거리를 지체없이 무너뜨려 갔다. 서로의 심안 속에 존재하던 벌거벗은 몸이 어떻게 생겼는지 세심하게 살펴졌다. 그녀도 보기 드물게 꼼꼼히 정리된 그의 거웃 덕분에 그 어디도 못 보고 넘어간 부분이 없었다. 성인 남성의 피부라고는 믿기 어려운 M의 좁은 땀구멍, 입술의 주름, 두 귀, 목, 쇄골, 겨드랑이, 모두 1mm

간격조차 허용하지 않고 그녀의 피부와 맞닿아 숨 쉬고 움직였다. 그녀는 온통 M으로 감싸진 채 침대에 몸을 뉘었다. 한 손으로 들어 올려진 그녀의 목 아래로 베개가 받쳐졌고, 흘러내리는 봄날의 스카프처럼 그녀의 몸 위를 스쳐 발의 방향으로 내려간 그는 두 무릎을 바닥에 딛고 척추를 곧게 폈다. M은 의식을 치르듯 엄숙한 표정으로 그녀의 아래에 희미한 숨을 불어넣었다. 고대 그리스어로 열쇠를 뜻하는 그곳이 걸핏하면 괄시받아 온 사실을 어떻게 알았는지, M은 자신의 가장 부드러운 혀 아랫면으로 무한대를 그리며 주문을 외워갔다. 그녀의 말 못 한 슬픔을 한참이나 달래는 듯했다. 표피를 벗고 일어난 그곳에서 팔 천개쯤 되는 전구가 한꺼번에 켜지는 감각이었다. 그녀는 자신의 붉어진 손으로 입을 틀어막았다.

그녀는 저녁에 마신 술 때문인지 휘몰아치는 배뇨감으로 침대에서 일어나야만 했다. 양해를 구하고 욕실을 한걸음에 다녀온 그녀는 유리문 앞에 놓인 책상을 발견하고 멈칫했다. 일반적인 책상과는 다르게 빛을 반사하고 있었다. 젊은 건축가가 쓸 법한 넓은 폭의 상판은 탐이 날 만큼 견고해 보였다. 궁금증을 참지 못한 그녀는 어디서 산 것이냐고 물었고, 그는 알 수 없는 미소를 띠며 침대에서 일어나 그녀 쪽으로 걸어왔다. 자신이 산 게 아니라는 싱거운 대답과 동시에 두 손으로 그녀를 들어 올려 그 책상 위로 앉혔다. 그는 팔을 뻗어 책상 오른쪽 아래에 있는 버튼을 눌렀다. 그녀는 바다 위의 붉은 부표와 같이 들어 올려졌다. 그녀의 아래로 꼿꼿한 그의 아래가 밀물처럼 들어왔다. 침착함을 잃지 않으려 애쓰던 그녀는 발가락 끝까지 힘이 들어갔다. 그녀의 모든 것이 그를 향해 올려졌다. M은 둘 사이에 일어나는 조류潮流의 움직임을 노련하게 다뤘다. 시간과 간격을 좁혀 나갔고, 그녀가 느낀 놀라움은 기쁨 못지 않았다. 두 사람은 소리 내 숨을 내쉬며 각자가 가진 모든 감각을 한껏 이완시켰 다. 마치 종착지에 다다른 순례자의 얼굴들이었다.

손을 잡은 두 사람은 욕실 유리문 안으로 들어가 서로의 체취를 씻어내었다. 그녀는 이내 노곤해졌고, 낯선 공간에서는 잠을 자기 어렵다는 말을 내뱉으며 바닥에 떨어진 속옷을 집어 들었다. 그녀의 머리카락 끝에서 물이 뚝뚝 떨어졌다. M은 다시 욕실로 들어가 헤어드라이어를 찾아와서는 그녀의 머리를 말려주겠다고 했다. 그녀는 조금 전까지 올려졌었던 그 책상을 마주한 채 의자에 앉았다. 윗가슴을 뒤덮은 그녀의 머리칼을 M은 자신의 손가락 사이로 연거푸 쓸어내렸다. 더운 드라이어 바람에 졸음이 몰려온 그녀는 눈을 감았다 뜨기를 반복하다가 책상 아래 불 켜진 76이라는 노란색 숫자를 응시했다. 그가 설정했던 높이의 수치였다. 76은 센티미터라고 하기엔 너무 낮았고 인치라고 하기엔 너무 높은 수였다. 어떤 의미를 지닐 것만 같다고 출발한 생각은 76년에 개봉한 영화 <감각의 제국>까지 도달했다. 그 영화감독의 회고전 기사를 열성적으로 썼던 그녀는 남성의 시각에서 아베 사다阿部定는 어떻게 기억되고 있을지 문득 궁금해졌다. M에게 그 영화를 혹시 봤냐고 물었다. 하지만 세찬 드라이어 소리에 가려져 그는 듣지 못했다.

꼼꼼하게 말려진 머리 위에 털모자를 푹 눌러쓴 채 M의 집을 나섰다. 그녀가 택시에 올라타려고 하자 M은 다가오는 금요일에 퇴근 후 저녁을 먹자고 다급히 말했고, 그녀는 고개를 끄덕이며 짧게 입을 맞추었다. 월요일부터 그녀는 M의 생각으로 일주일이 가득 찼다. 화요일쯤 몇 번의 메시지로 만날 시간과 장소를 정한 이후로는 누구도 먼저 말을 걸지 않았다. 그녀는 지난 연인들에게 보냈던 메시지처럼 그가 어떤 하루를 보냈는지 물어보고 싶었지만, M이 술집에서 꺼낸 FWB란 단어가 발목을 잡았다. 무언가 불편하고 애매한 감정에 휘말렸다. 그와 더 가까워지고 싶은 마음을 억누르기란 쉽지 않았다. 만족스러운 밤을 보내고서도 자신의 만족은 지속성이 없게만 느껴졌다.

　이미 그녀는 M과 '가끔 수영 같이하는 사이' 시절로 돌아갈 수 없었다. 그래서 쾌락만을 위해 존재한다는 FWB 관계를 고찰했다. 영화 <프렌즈 위드 베네핏>이나 <친구와 연인 사이>도 물론 개봉 당시 챙겨봤지만, 결국 결말은 모두 판타지 소설같이 뻔했다. 구글에 검색도 해보았다. '육체적으로 이익이 되는 사이' 혹은 '한 사람에게 귀속되지 않는 관계' 등으로 정의 내려져 있었다. 어떤 글에서는 마음의 평화를 얻으면서도 상대와의 관계를 깨지 않으려면, 독점하고 싶은 마음과 계속해서 섹스하고 싶은 마음 중 무엇이 먼저인지 선택하라고 씌어있었다. 전자를 버릴 수만 있다면, 그녀는 이상적인 FWB 관계를 이어갈 수 있을 거라 판단했다. 그리하여 후자를 선택한다면, 자신이 M을 '적당히'만 좋아하면 되는 문제로 보았다. 하지만 연인관계도 아니고 친구 사이도 아닌 어중간한 위치에서 어떻게 균형을 잡아야 할지가 분명하지 않았다. 어디에 가이드라인이라도 있다면 맞추어 보고 싶었다. M을 만나기 하루를 앞두고, 퇴근길 지하철 안에서 휴대폰 메모장을 열었다. 그 가이드라인을 직접 작성해 보기로 했다. 영화나 소설 속 주인공이 아니기에 그녀는 자신만의 냉철한 의식을 가져야만 한다고 되뇌었다.

사실과 감각에 관해서만 이야기할 것

감정이 생긴다면 분명하게 표현할 것

서로의 집에서 한 번씩 번갈아 가며 볼 것

약속 취소 시 미리 연락하고 사과할 것

주위 사람들에게 서로에 관한 이야기 하지 말 것

주 1회 만날 경우, 주중에 한두 번 정도는 안부를 물을 것…

　　쓰다 보니 깊고 친밀한 관계에 대한 기대를 저 먼 우주 밖으로 밀어내야만 했고, 방어적인 마음으로 무장한 채 아슬아슬한 게임을 해야 할 것만 같았다. 더군다나 종국의 일반적인 연인들이 하는 저녁 식사는 괜한 감정 교류의 여지를 줄 수 있으니 의미 없다는 생각까지 들었다. 계속해서 허전하고 쓸쓸한 마음이 들어 충동적으로 M에게 전화를 걸기 직전까지 갔지만 참았다. 제대로 시작도 해보기 전에 이미 이 관계에 심각한 알레르기 반응이 있다는 사실을 자각했다. 집에 도착한 그녀는 겨울 코트를 입은 채로 베란다에 널어둔 수영용품을 챙기고서 곧장 수영장으로 향했다.

　　그녀는 탈의실의 살구색 락커 문을 열고, 꺼진 휴대폰을 넣었다. 그 위로 무릎이 하얗게 늘어난 검은 스타킹부터 차례로 옷을 벗어 넣고, 바싹 말라 오그라든 수영복에 몸을 집어넣었다. 내일 M에게 관계를 끝내자고 말을 하기로 굳게 마음먹고서, 그녀는 여느 날보다 더 깊숙이 물속으로 뛰어 들어갔다. 몸을 에워싼 물은 무거웠지만, 또 따스했다. 그녀는 그 누구의 도움도 없이 유유히 헤엄 쳐 나아갔다.

# 싸구려 믹스커피처럼

**T** 29

철인 3종 경기에 빠진 웹디자이너

그 맛은,
늙지 않을 거라 그녀는 믿고 있었다.

화창하기 짝이 없는 초여름날이었다. 그녀의 서른 번째 생일을 일주일 앞둔 날이기도 했다. 그녀는 어제와 똑같은 시각에 울린 휴대폰 알람을 듣고 일어났다. 주목할 만한 변화 없이 스물아홉이 지나가는 중이었다. 자신뿐 아니라 회사 사람들도, 부모님도, 친구들도 모두 예년과 별다를 바 없어 보였고, 무엇보다 그녀에게 변화가 간절하지 않은 시기이기도 했다. 근면하게 일해 맛보게 된 안정감을 마다할 이유는 없었다. 실체가 없는 그 편안한 감각을 굳이 사물에 빗대어 보자면, 아침마다 마시는 커피에 가까웠다. 달큰한 산미가 입안을 지그시 눌렀다가, 몸속으로 흡수되는 순간의 익숙함 때문이었다. 그 맛은, 늦지 않을 거라 그녀는 믿고 있었다.

　간단한 샤워를 마치고 타올로 대충 몸을 감싼 채 부엌에 멈춰 섰다. 전기 주전자에 물을 올리고, 일회용 드립백 포장을 하나를 열었다. 흰색 커피 필터를 우표처럼 뜯으면 원두가 머금은 묵직한 향이 뇌 속까지 금세 파고들었다. 원두 가루를 뜨거운 물로 적시고 휴대폰 타이머로 50초를 세었다. 그동안 그녀의 눈은 휴대폰에 고정되어 있었다. 오랜 시간 몸에 밴 자세였다. 잠시 날씨를 확인했다가, 밤새 온 틴더 메시지를 읽었다. 그녀에게 틴더는 일년 정도 된 습관이었다. 웹디자이너인 그녀는 직업적 호기심에 이끌려 첫발을 들인 경우였다. 무한대로 증식하는 사용자 프로필들을 넘겨보느라 늦잠을 몇 번 자버린 후로는, 한 달에 만 원 정도 들여 업그레이드한 시스템을 애용했다. 먼저 호감을 보낸 사람들에게만 자신의 프로필이 노출되는 기능 덕인지 매칭률은 점점 올랐다.

타이머에서 경쾌한 소리가 나자 곧바로 필터 위로 물을 쪼르륵 부었다. 그녀의 눈은 T라는 새로운 매칭 상대의 프로필에 가 있었다. 사진 속의 T는 땀으로 번들거리는 얼굴에 까만 스포츠 선글라스를 꼈고, 가슴팍에는 마라톤 대회용 번호가 붙어 있었다. 납작한 결승선을 통과하는 순간을 누군가 포착한 이미지였다. 짐작해 본 적 없는 어떤 성취감이 보였다. 다른 사진은 바닐라색 셔츠에 청바지 차림으로 프레젠테이션하는 모습이었다. 첫 번째 사진에서 드러나지 않았던 풋풋한 젊은 벤처사업가의 분위기가 풍겼다. 그 사진들 아래에는 이렇게 씌어있었다.

'6/21-6/26 출장, OO호텔, 만나서 대화부터 해봐요. Chemistry가 통하는 게 제일 중요해요.'

우려낸 커피를 빠르게 머금고, T를 이리저리 추측했다. 'Chemistry'만을 굳이 영어로 쓴 걸로 보아서는 지방이 아닌 외국에서 온 사람일 거라 짐작했다가, 그 익숙한 두 음절의 호텔 이름은 단순한 위치정보 이상을 나타내는 것이라 확신하기도 했다. 더 나아가 '대화'부터 해보자는 뜻은 호감도에 따라 결말을 열어두자는 제안으로 해석했다. 그 이유를 그녀는 이해할 수 있었다. 일전에 틴더에서 알게 된 누군가와 밤을 같이 보내기로 하고서 비장하게 약속 장소에 나갔지만, 막상 만나서는 이성적 호감이 생기지 않아 난처했던 경험을 떠올렸다. 행동은 약속할 수 있지만, 감정은 약속하고 만날 수 없다는 진리를 T도 왠지 알 것만 같았다. 그런 남자와 만난다면 어떨지 몇 초간 두서없는 상상을 했다가, 고개를 가로저으며 피식 웃었다.

계속해서 커피를 홀짝이던 그녀는 지난밤에 T가 보낸 인사 메시지에 짧게 화답을 보냈다. 프로필에서 본 일정대로라면 그는 내일 서울을 떠날 사람이었다. 채팅창에 그녀가 인기척을 내기가 무섭게 그는 즉시 반가움을 표했다. 이른 아침 출근 시간에 실시간으로 답을 받는 건 이례적이었다. 서로 표면적인 자기소개로 대화를 시작했고, 그녀는 그가 한국어를 곧 잘하는 동갑내기 교포라는 사실을 쉽게 알아내었다. 암스테르담에서 UX디자이너로 일하는 그는 비슷한 직업을 가진 그녀에게 반가움을 감추지 않았고, 저녁에 남산을 같이 걸어보는 게 어떠냐고 단도직입적으로 물었다. 목요일 아침에 받은 갑작스러운 데이트 신청이었다. 그날 밤이 아니면 만나기 어려울 극적인 상황 덕에 숙고의 과정 없이 결정을 내려야만 했다. 가깝고도 먼 '남산'이라는 장소는 그녀에게 낭만적으로 읽혔고, 그녀는 움켜쥔 휴대폰에다 대고 흐뭇한 미소를 지었다.

회사 창문 너머로 보이는, 그 불룩 솟은 곳을, 멋진 이성과 느긋하게 걷는 자신의 모습이 머릿속에서 시뮬레이션으로 돌려져 버렸다. 6월의 선선한 밤공기만 있다면 완벽할 것 같았다. 식사나 커피를 함께 할 장소를 번거롭게 찾지 않아도 되었다. 대화를 해보다가, 침대 위에서 육체적인 'Chemistry'도 확인하고 싶다면 남산 바로 아래 그가 머무는 호텔로 물 흐르듯 들어가면 될 것 같았다. 그를 만나야 할 이유를 세어가며 자신을 설득할 필요도 없었다. 무엇보다 처음 그의 프로필을 본 순간부터 만나고 싶은 마음은 투명했고, 이제 서른이 되었으니 기분 좋은 직관을 믿어봐도 될 것만 같아 뜸 들이지 않고 그의 제안에 호의적으로 응했다. 시계를 확인한 그녀는 반쯤 남은 커피를 싱크대로 흘려보내고, 방으로 들어가 피부색에 맞춘 속옷 위로 단정한 베이지색 민소매 원피스를 골라 입었다. 그러는 사이 T는 기대된다는 말과 함께 8시쯤 서울역에서 보자며 +31로 시작하는 자신의 연락처를 남겼고, 그녀 역시 쾌활한 말투로 이따 보자며 대화를 일단락 짓고서 바삐 출근길에 나섰다.

업무 중에도 T에 대한 생각이 자꾸만 꿈틀거렸다. 그를 만나면 어떨지 궁금해질 때마다 아이스커피를 쪼옥 들이켰다가, 사무실 유리창에 난 얼룩들을 괜스레 바라보다 말기를 반복했다. 오후가 되자 치아 사이까지 간지러운 긴장감이 찾아 들기도 했다. 틴더에서 여러 남자와 연결되었어도 이렇게 당일에 만남을 약속한 적은 처음이었다. 시간은 꾸역꾸역 흘렀고, 퇴근길에 동료와 간단히 샐러드를 사 먹고 여유 있게 서울역으로 이동했다. 늘 허겁지겁 기차를 타러 왔던 기억뿐인 역이었다. 그래서인지 붉은 벽돌로 꾸며진 지하 통로를 신기해하며 걷던 도중, T에게서 도착했다는 메시지를 받았다. 호흡을 가다듬고 그가 기다릴 8번 출구로 향했다.

바깥은 이미 해가 어스름한 시간이었다. 출구 앞에서 그녀를 가장 먼저 반긴 건 시커먼 흡연 부스, 서울스퀘어와 회색의 서울로, 그리고 불 켜진 서울역이었다. 그 앞을 줄지어 지나치는 자동차 소음은 거리 전체를 휘감고 있었다. 두리번거리던 그녀의 오른편에는 미동도 없이 뒤돌아선 한 사람이 있었다. 회색 러닝화에 청바지, 하얀 피케 셔츠 차림이었다. T일 거라고 확신에 찬 목소리로 그녀가 "안녕하세요"라고 말하자, 웃으며 뒤돌아선 그는 그녀의 이름을 부르며 가벼운 포옹으로 인사했다.

두 사람은 자연스럽게 남산 방향으로 걸었다. 십수 년을 서울에 산 그녀는 T가 앞장서는 대로 따라갔다. 그는 함께 출장 온 동료 모두 호텔 카지노로 놀러 갔다며 헛웃음을 지었다가, 시차 적응할 새도 없이 일정이 끝이 났다는 말과 함께 짧은 한숨을 지었다. 그는 그녀의 하루를 물었고, 그녀는 개발자 선임과의 대화에서 애를 먹고 있는 사정을 단조로운 말투로 이야기했다. 그는 구김 없는 표정으로 그녀의 말에 귀 기울이는 듯 보였다. 오전부터 그녀를 성난 애완견처럼 따라다녔던 긴장감은 차츰 누그러들었다. 그와 비슷한 속도로 걷던 그녀는, 한쪽 뺨에 길게 패인 그의 보조개에 몇 번이고 눈길을 멈추었다.

시커먼 빌딩을 두어 개 지나자 곧장 언덕이 보였다. 그 위로 커다란 OO호텔이 올려다보였고, 서로의 업무환경을 비교하는 사이 금세 남산 초입에 다다랐다. 옅은 조명이 줄지어 놓인 성곽길을 따라 머리가 희끗희끗한 어르신 몇 분이 내려오고 있었다. 그 한적한 풍경을 휴대폰 카메라로 찍는 T의 모습을, 그녀는 한 발짝 뒤에서 바라보았다. 그의 등을 가로지르는 팽팽한 셔츠 주름이 빈 악보처럼 길고 선명하게 드러났다.

그녀는 평화로운 데이트에 집중하고 싶었지만, 예상보다 습한 공기에 어깨가 바닥으로 늘어져만 갔다. 급해진 경사에 숨도 가빠졌다. 장마와 폭염 사이에서 제자리걸음 하는 기분마저 들었다. 신고 있던 샌들의 까만 스트랩이 자꾸 발목을 짓누르자, 어디든 시원한 곳으로 확 순간이동 했으면 싶었다. 이윽고 붉은 빛을 내뿜는 남산타워의 머리가 보였다. 입을 다문 그녀를 쳐다보기만 하던 그는 잠이 오지 않는 새벽에 남산을 뛰어봤다며 멋쩍은 듯 웃어 보였다. 오염된 대기를 알리는 불빛이라는 것을 전혀 모르는 눈치였다. 그녀는 반사적으로 핸드백 속에서 마스크를 꺼내려다가 동작을 멈추고서는,

"우리 이만 호텔로 갈래요?"

라고 말했다. 술기운도 아닌 미세먼지에 떠밀려 속마음이 발밑으로 툭 쏟아져 내렸다. 도로 주워 삼키기엔 부피가 제법 큰 발언이었다. 그는 살짝 놀란 듯한 반응에 비해 차분한 목소리로 "Okay."라고 답했다. 서로의 표정을 살피지 못한 채 눈앞의 내리막길만 쳐다보고 걸었다.

OO호텔 로비의 층고는 지나치다 싶을 만큼 높았고 바닥은 매끄러웠다. 그녀는 그를 따라가다 휴대폰 시계를 슬쩍 확인했다. 이르지도 늦지도 않은 애매한 저녁 9시였다. 두 사람은 나란히 금빛으로 치장된 엘리베이터를 탔고, 그의 호텔 방에는 그녀가 한 발자국 먼저 들어갔다. 남산이 한눈에 보이는 전경이 압도적인 방이었다. 신발을 벗자마자, 조금 더 편해질 방법을 찾아 각자 사부작사부작 움직였다. 그녀는 욕실에 들어가 찝찝했던 발과 입속을 씻어 내고서 창가 앞 소파에 앉았다. 그는 휴대폰을 충전해두고, 미니바에서 생수를 꺼내 그녀와 나눠마셨다. 운동화 끈을 푼 그는 그녀를 향해 몸을 살짝 비튼 채로 침대에 앉았다. 다리를 뻗은 두 사람은 한 발자국 거리를 두고 앉아 서로의 얼굴을 주시했다. 그녀에게 맥주가 간절한 분위기였지만 그는 술을 입에 대지 않는 사람이었다.

잠깐의 정적을 견디지 못한 그녀는 남산타워의 불빛 색과 초미세먼지에 대해 뒤늦게 설명했다가, 오래전 암스테르담에 여행 갔던 이야기를 마구 늘어놓았다. 대낮에 우연히 문이 활짝 열린 'Paradox'라는 카페를 지나가다 맡은 대마초 향이 아직도 잊히지 않는다는 말에 그는 눈을 동그랗게 떴다. 자신의 집이 그 카페 근처라고 소리 높여 말했다. 두 사람은 이런 우연이 있나 싶어서 한참 낄낄대었다. 그는 그녀에게 나중에 꼭 다시 놀러 오라며, 이참에 인스타그램 친구를 맺자고 제안했다. 각자의 휴대폰을 붙잡고, 서로의 계정을 쓱 훑어보았다. T는 본업이 운동선수라고 해도 될 만큼 온통 훈련 중인 사진뿐이었다. 그는 십 년 전 우연히 하와이에서 철인 3종 경기 우승자를 본 후로 불가능할 것 같은 일을 해내는 맛을 알아버렸다고 말했다. '철인'이 무엇인지도 몰랐던 그녀는 아찔한 경기 규칙을 듣고서 몇 초간 입을 다물지 못했다.

그녀의 인스타그램을 들여다보던 그는 스키 타는 사진이 멋지다며 마테호른산MATTERHORN에 같이 가자고 천연덕스레 말하기도 했다. 존댓말에 반말을 마구 섞은 두 사람의 대화는 핀볼처럼 예측할 수 없는 방향으로 쉼 없이 움직였고, 기약 없는 약속과 바람이 그녀의 머릿속에 자국을 남겼다. T와 시간 가는 줄도 모르고 이야기했지만,

한편으론 다시 만날 확률은 희박한 사이라는 사실이 애석했다. 그는 계속 휴대폰을 만지작대다가, Spotify 앱에서 자신의 플레이 리스트를 잔잔하게 틀었다. 그리고는 자신의 옆으로 오라는 손짓을 보냈다. 그녀는 거리낌 없이 다가갔고, 두 사람은 코끝이 닿을 거리에 앉아 서로의 허리춤을 손으로 감쌌다. 느리게 입을 맞추면서 잠겨있던 서로의 지퍼, 벨트, 속옷을 열어젖혔다. 에어컨 바람에 차가워진 원피스는 바스락 소리를 내며 카펫 위로 떨어졌다. 그는 굳은살 박힌 손바닥 대신 보드라운 손등으로 그녀의 피부를 쓸어내렸다. 그녀의 몸에 나 있는 열 개의 구멍이 촉촉해졌다. 그녀의 허벅지에 닿은 그의 아래는 뙤약볕에 놓아둔 조약돌처럼 단단히 열기를 저장하고 있었다. 그 위로 옅은 핑크빛 콘돔을 태연하게 씌웠고, 신경과 혈액의 극적인 지배에 의연하게 대응하는 듯했다. 그는 가장 기본적인 체위로 그녀와 포개어진 채, 팬듈럼 같은 움직임을 한없이 선보였다. 체력이 좋다는 말로 치부할 수 없는 어떤 경지에 오른 지구력을 가진 인간이었다. 똑같이 30년을 쓴 육체가 이만큼 진화할 수도 있구나 싶어 짜증이 날 정도로 부럽기도 했다. 겨우 상반신을 일으켜 1리터짜리 생수를 쉼 없이 절반씩 들이킨 두 사람은, 서로의 엉킨 머리칼이 몸에 달라붙은 줄도 모른 채로 잠이 들었다.

다음 날 아침, 그녀의 눈치 없는 알람 소리가 요란하게 울렸다. 금요일은 회사를 가야만 하는 날이었고, 그는 두 시간 후면 공항으로 가야 했다. 그녀는 창가 쪽으로 몸을 돌려 누웠다. 지난밤 T와 올랐던 그 언덕길은 햇볕이 들어 맑고 짙은 녹색을 자랑하고 있었다. 그는 침대 끝에 누운 그녀에게 다가와 숟가락 두 개가 옆으로 포개어지듯 바짝 끌어안았다. 그녀는 모든 집착에서 벗어난 무상한 존재가 되고 싶어서 눈을 꾸욱 감았다. 알람의 스누즈 버튼을 세 번째 누를 때쯤, 그녀는 바닥을 딛고 일어나 터덜거리며 샤워를 하러 갔다. 주름진 원피스를 억지로 펼쳐 입고서, 가방을 챙겼다. 그러는 사이 T는 끓인 물과 호텔 방에 비치된 믹스커피를 섞어서 그녀에게 내밀었다. 몇 년 만에 처음 마시는 인스턴트의 맛이었다. 한 모금을 삼키고 그녀는 늦어서 이만 가야겠다며 허리 숙여 샌들의 끈을 조였다. 발끝부터 이상한 긴장감이 느껴진 그녀는 "아 싫다."라며 다 들리도록 혼잣말을 했다. 그녀는 문 앞에서 청바지만 입은 채로 배웅해주는 그에게 말했다.

"작별 인사 싫네요…. 영 소질이 없어서…."
그는 꼭 열두 시간 전에 그녀를 처음 안아주던 방식으로 인사를 대신했다. 잠이 덜 깬 탓인지 헐거운 웃음을 마지막으로 뒤돌아선 그녀는 엘리베이터로 직진했다. 배터리가 얼마 남지 않은 휴대폰을 확인했다. 마스크를 껴야 한다는 친절한 경고 문자를 보고 부산스레 가방을 뒤적거리며 호텔 회전문을 빠져나왔다. 잃어버린 건지 어디에다 두고 온 건지 그녀는 마스크를 찾지 못했다. 하는 수 없이 지하철역으로 뛰어가려던 그녀의 눈에 조형물 하나가 들어왔다. 실제 사람 크기만 한 남녀가 정면으로 입맞추는 형상이었다. 어젯밤 호텔 앞을 지나칠 때는 전혀 보지 못했던 작품이었다. 가까이 다가간 그녀는 붉은 글씨로 쓰인 'Pit-a-pat'이라는 작품 이름을 보고는 소리 내 읽었다.

"핏-어-팻", "피-터-팻", "피-타-패"

한국어로 '두근두근'이란 뜻인 줄 몰랐던 그녀는 출근길 내내 그 단어를 곱씹었다. 의성어인지 의태어인지 관심조차 없던 그 표현은 발음하기에 어쩐지 쑥스러웠다. 사실 그가 틴더 프로필에 써 둔 'Chemistry'도 마찬가지였다. 나이가 들어가면서 자신이 쓰는 어휘 사전의 두께는 되레 얇아져 가는 느낌이었다. 떨리고 설레는 마음의 표현일 뿐인데, 언제부턴가 마스크 같은 생필품이 되어 버린 어휘만 입속을 맴돌았다. 미로 같은 지하철 환승 통로를 지나가던 그녀는 케이팝 가수의 생일을 축하하는 전광판을 보았다. '두근두근'은 바로 낯설고 앳된, 이름도 모르는 그 가수에게나 어울리는 거라 생각했다. 그러다가 T의 얼굴을 떠올렸다. 그는 그녀를 어떤 언어로 어떻게 표현하고 기억할지 궁금했다. 꼭 다시 만나고 싶을 사람일지, 인스타그램 새 팔로워 일지, 그 동상처럼 두근거리게 해 준 여자일지…. 당장 알 길은 없었다. 영영 알 수 없을지도 몰랐다. 만났었다는 사실을 추억할 만한 사진도 한 장 없었다. 아무 커피숍이라도 갔었다면 서글프게 구겨진 영수증이라도 남았을 터였다. 이런저런 생각에 사로잡힌 채로 회사에 도착한 그녀는 이상하리만치 커피를 마시고 싶지 않은 기분이었다. 혀끝에 얇게 고인 그 믹스커피의 맛 때문에.

# Friends와
# Benefits 사이

## B 32
대학 시간 강사

속마음을 나누는 시간 자체가 위안과 힘이 되
는 이상적인 'Friends'가 될 수만 있다면,
어차피 죽어서 가루가 될 몸으로 'Benefits'를
나누는 것 따위는 문젯거리도 아닐 것 같았다.

커튼콜이 끝날 때까지 그녀는 기계적으로 박수를 쳤다. 객석에 불이 켜지자 오른편에서 졸고 있던 소개팅남이 또렷하게 보였다. 잔뜩 충혈된 눈이었다. 민망함에 미안함이 버무려진 듯한 웃음을 짓는 남자는 팔걸이를 짚고 몸을 일으켰다. 세 번째 데이트로 오페라 티켓을 내밀었던 건 그 남자였고, 그녀는 두 시간 반 동안 소외감에 절여진 상태였다. 늘 그렇듯 자기도 모르게 가진 감정이었다. 두 사람은 입을 다문 채 공연장 출구로 향하는 인파 속으로 들어갔다. 그녀는 검붉은 카펫이 깔린 계단을 하나씩 오르며 집으로 돌아갈 교통편을 고민했다. 공연장 앞에 선 두 사람은 목도리를 턱 끝까지 감은 채, 조심히 들어가라며 잘 보이지도 않을 미소를 지었고, 신속하게 각자 택시를 타고 헤어졌다.

올라탄 택시는 충분히 따뜻했다. 그 시각 도산대로에는 핼러윈 분장으로 10월의 마지막 금요일을 기념하려는 남녀가 제법 보였다. 그녀는 가만히 앉아서 새로 산 크림색 스커트를 매만지는 것 외엔 하는 일이 없었는데도 이상스레 허기가 지기 시작했다. 정말로 배가 고픈 건 아니었고, 텅 빈 집에 일찍 들어가기 싫을 때 나타나는 경미한 증상 같은 것이었다. 대개는 혼자였지만, 혼자라는 사실을 외면하고픈 시각이었다. 누군가와 와인이라도 한잔하고 싶어서 휴대폰을 찾아 비행기 모드를 해제시켰다. 저장공간 부족 알림과 롱패딩 세일 광고 문자 틈에 끼인 B의 이름이 눈에 들어왔다. 잘 지내냐는 그의 짧은 안부 인사를 본 그녀는 바로 전화를 걸었다. 응급상황이 아니고서야 크게 쓸 일이 없던 통화버튼을 누른 것이었다.

틴더에서 알게 된 B는 영문학 강사로 비교적 시간을 자유롭게 쓰는 남자였다. 고해상도의 프로필 사진이 인상적이었는데, 깔끔한 수트를 입고 볕 잘 드는 커피숍에 앉은 모습, 고양이를 사랑스레 쓰다듬는 이미지들은 누구에게든 호감형으로 비칠 것 같았다. 그렇다고 무조건 오른쪽으로 스와이프한 건 아니었다. 사진만 보면 커피와 고양이를 좋아할 거라는 다소 평이한 추측밖에 할수 없었다. 취미나 관심사도 유용한 정보이긴 하나, 이성과 어떤 관계를 기대하는지 명시하지 않으면 서로 질문만 하다 흥미를 잃기 쉬웠고, 원하는 관계가 다르면 시간

낭비에 그치곤 했다. 개인정보 칸을 비워두거나 키와 몸무게만 써둔 사람들 역시 대화를 이어갈 의지가 적은 편이었다. 틴더의 특성상 2차원의 이미지에 가장 먼저 시선을 지배당하지만, 3차원인 사람과 오프라인 만남까지 가는데 의존해야 하는 것은 결국 언어였다. 직접 쓴 프로필 내용은 매칭 상대와의 대화를 긍정적으로 이끄는 교두보인 셈이다. 그녀가 B를 선택한 이유 역시 프로필에 쓰인 몇 문장에 있었다. 좋아하는 와인 이름과 판타지 소설에 뒤이어, 무료하고 외로운 일상을 편히 이야기할 수 있는 사람과 틴더를 탈퇴하고 싶다고 했다. 무엇보다 그 마지막 문장이 프로필의 정점이라 생각했다. 그녀도 틴더를 함께 탈출할 사람을 찾는다고 써두었기 때문이었다.

틴더는 그와의 매칭을 일찌감치 예견했다는 듯, 'B님도 회원님을 좋아해요!'라는 짜릿한 멘트를 깜빡였다. 답장도 빠르고 다정다감한 편인 B와 만나자는 이야기가 두어 번 오갔지만, 시간이 맞지 않아 안타까워하던 참에 그녀가 처음으로 통화를 시도한 것이다. 다행히 그가 늦지 않게 전화를 받았고, 살짝 놀란 듯한 목소리로 금요일 밤을 잘 보내고 있는지 묻는 그에게 지금 와인 한잔 어떠냐고 되물었다. 싱겁게 끝난 오페라 데이트는 이미 대과거가 된 시점이었다. 그녀는 B가 사는 곳으로 곧장 가겠

다고 말했고, 눈치 빠른 택시기사님의 손가락은 이미 내
비게이션 화면을 향해 있었다.

몇 분 후, 택시비를 결제하는데 연거푸 오류가 나는
통에 ATM 기계를 찾아 편의점으로 뛰어가야 했다. 유리
문을 열고 발을 내딛는 순간, 사진 속에서 봤던 B가 계산
대에 앞에 서 있었다. 실내는 카메라 플래시가 터진 듯 차
가운 빛을 번쩍였다. 진열된 모든 물건 위로 조명이 흩뿌
려져 있었다. 두 사람은 눈이 마주쳤고, 그는 그녀를 알
아보고 손을 흔들었다. 그녀는 가쁜 숨으로 자초지종을
말하고 그에게 만원을 빌려 다시 밖으로 나갔다. 당황할
틈도 없는 상황이었지만, 창문 너머로 거스름돈을 쥐여
주시는 택시기사님의 말에 그녀는 웃음이 터졌다.

"아가씨 운이 좋네요! 거기서 친구를 다 만나고."

얼떨결에 '친구'라 불린 B는 와인을 들고 편의점 밖
에서 그녀를 기다리고 있었다. 입고 있던 검은 롱코트만
큼이나 짙은 눈썹이 인상적인 남자였다. 첫 만남에 돈을
빌린 그와의 조우는 낭만과는 거리가 있지만 최소한 어색
함은 없었다. 낯가림이 심한 편이라고 말했던 그는 그녀
를 바라보며 재미있다는 듯 웃었다. 그의 웃음소리를 들

으니 정말로 운이 없는 하루는 아닌 것만 같았다.

편의점 옆 고층 오피스텔로 그를 따라 들어갔다. 엘리베이터 안에서 그는 이사 온 지 얼마 되지 않아 집이 어수선하다며 양해를 구했고, 그녀는 눈 아래 번진 마스카라를 손가락으로 닦아내며 괜찮다고 대답했다. 집안의 온도는 적절했지만 어수선하다고 하기엔 물건이 너무 없어 오히려 횅했다. 주문한 침대와 책장을 일주일째 기다리는 중이라던 그는 식탁에 앉아 와인병을 열었다. 맛이 올라오길 기다리는 동안 아늑한 분위기를 내고 싶었는지 새 밀랍 양초에 불을 붙이고, 몬테스 와인에 대해 조곤조곤 들려주었다. 잠시 후 두 사람은 반갑게 첫 잔을 부딪쳤다. 시큼쓸한 와인에서 옅은 캐러멜 향이 감돌았다.

물 빠진 데님 셔츠를 입은 그는 움직일 때마다 광택이 나는 그녀의 검은 블라우스를 신기하다는 듯 바라봤다. 그녀는 아끼는 아르마니 옷을 입고 제목조차 가물거리는 오페라를 보고 왔다며 와인 잔을 들어 자신의 얼굴 앞으로 내밀었다. 착잡한 표정을 숨기려던 그녀를 위로라도 하듯, 그는 약속이 없어서 종일 수업 준비만 했다며 안경 자국이 난 콧잔등을 문질렀다. 잠시 말이 없던 두 사람은 다시 살짝 잔을 부딪쳤다. 다른 사람과 있었어도,

혼자였어도, 어쩐지 둘은 비슷한 질감의 외로움을 가진 것만 같았다.

술을 한두 잔 비우고는 과거 이야기를 꺼내기도 했다. 꼭 와인 탓이라기보다, 책상 위에 놓인 알록달록한 고양이 장난감 때문일지도 몰랐다. 그는 전 여자친구는 보고 싶지 않은데, '에코'라 불렀던 그 여자의 고양이가 눈에 어른거린다고 스스로 어이없다는 듯 생글거렸다. 그러다가 그는 너무 빠르게 누군가의 남자친구가 되고 무심하다는 비난으로 헤어지는 일종의 패턴을 바꾸고 싶다고 털어놓았다. 그녀도 같은 패션 업계 사람들만 소개받는 실정에서 벗어나려고 틴더를 시작했다고 밝혔다.

그녀도 처음부터 소개팅을 피하진 않았다. 같은 직종의 남자가 불편한 것도 아니었다. 몇 번의 데이트 후 고백을 주고받고, 주변에 서로의 존재를 알리고, 기념일엔 여행을 가는 보편적인 연애에 싫증이 난 것도 아니었다. 다만 별일 아닐 거라 여긴 일이 별일이 되어 버리거나, 관계를 복구해보려다 가치관 차이로 막다른 길에 자꾸 혼자 놓이는 게 싫었다. 이별하고 제자리로 돌아가는 길에 파괴적으로 먹고 마시는 어른아이가 되는 것도 지겨웠다. 기존의 연애 방식이 자신에게 주어진 최선일까 봐 두려웠다. 짧게 입고 버려지는 기성복 같은 만남 대신 맞춤 정장처럼 입을수록 애착이 가는 관계를 가지고 싶었다. 자신에게 고질적 문제가 있다면 뜯어내어 고치고 싶었고, 잠재적 연애 상대와 사귀자는 말이 나오기 전에 어떻게든 속 깊은 대화를 이끌어내고 싶었다. 제멋대로 상대를 재단하지 않고 서로 잘 맞는지 면면히 파악할 기회가 간절했다. 꼼짝 않고 마주 앉은 그녀가 무슨 생각에 잠겨있는지 알 길이 없던 그는 천천히 와인 잔을 채웠다.

더운 실내 온도 때문인지 얼굴이 발그레해진 그녀는 B의 차분한 성격이 좋다고 가감 없이 표현했다. 서두르지 말고 천천히 알아갔으면 한다는 말에 그는 동의하는 눈치였다. 충동적이고 즉흥적으로 이곳까지 왔지만, 이성적으로 대화하려는 여자로 비치길 원했다. 귀까지 붉어진 그의 얼굴에 키스를 퍼붓는 상상을 하면서도, 이번엔 브레이크를 걸어야 한다고 자신을 다독였다. 와인이 바닥을 보일 때까지 서로의 사사로운 가족사부터 여당의 새 부동산 정책을 안주 삼아 이야기를 이었고, 번갈아 화장실을 다녀온 후에야 이미 새벽 3시가 넘은 것을 알아차렸다. 캔맥주는 없냐는 그녀의 말에 그는 편의점에 가려고 커다란 코트를 집어 들었다. 그를 따라 일어선 그녀는 이만 택시를 부르려 했지만, 그는 카드가 또 말썽이면 어쩌냐며 좀 더 있다가 첫차로 이동하라고 했다. 진정시키려는 듯한 그의 손짓을 따라 그녀는 얌전히 자리에 앉았다.

　그가 맥주를 사러 나간 사이 그녀는 뻐근한 무릎을 피고 집안을 둘러보았다. 뚱뚱한 이삿짐 박스 안에는 발음하기도 어려운 책이 빼곡했고, 방 한 쪽에 푸른 셔츠들과 속옷가지가 힘없이 널려있었다. 심심해진 그녀는 회색 소파에 기대어 앉아 현관을 보며 그를 기다렸다. 온몸으로 진동하는 촛불 말고는 아무것도 움직이지 않는 공간이었다. 그녀는 무슨 가구라도 된 것처럼 가만히 있다가 스르르 잠이 들었다. 눈을 떴을 때 이미 날은 밝아 있었고, 창밖에서 버스 소리가 들려왔다. 덮인 이불을 걷고 널브러져 있던 몸을 일으켰다. 몇 초간 눈앞의 모든 것이 왼쪽으로 회전하는 것 같았다. 컴퓨터 앞에 앉아있던 그는 어쩔 줄 몰라하는 그녀에게 좀 더 자도 된다고 다정하게 말했다. 식탁은 말끔히 치워져 있었고, 그는 나갈 채비를 끝낸 모양이었다. 일찍 학교 연구실에 가야 한다는 그를 따라 바깥으로 나갔다. 지하철역까지 함께 걸었고 반대 방향으로 가는 플랫폼 앞에서 인사를 나누었다. 그녀는 부스스한 머리를 손으로 빗어 내리면서 빌린 택시비를 꼭 갚겠다고 웃어 보였다.

그 후 두 사람은 세 번을 더 만났다. 서로를 단골 식당에 데려가기도 하고, 영화관을 가고, 살얼음이 어는 날에는 미술관에서 오후를 보내기도 했다. 그는 매번 비슷해 보이는 옷을 입었지만 깨끗하게 정돈된 손톱으로 약속 장소에 늦지 않고 나타났다. 문제가 많다는 가정환경에도 불구하고 그는 착실하게 사는 것 같았고, 12월을 앞두고 회사 일이 바빠진 그녀는 매일 연락하지 않아도 괜찮은 그와의 거리가 적절하다고 여겼다. 그러던 어느 저녁, 그녀는 동성 친구와의 이야기 도중에 B로부터 갑작스러운 메시지를 받았다. 그녀와 더 가까워지고 싶다는 짧은 내용이었다. 달콤하게 들리는 말에 겁이 먼저 났다. 지금의 관계에서 무언가를 더 원한다는 뜻으로 들려서 몸이 뻣뻣해졌다. 한겨울에도 아이스커피를 들고 마주 앉은 친구는 그녀의 얼굴을 살피다가, B가 원하는 게 FWB 일거라 단언했다. 친구는 틴더를 그녀보다 먼저 사용했고, 감정의 헌신과 독점보다 자유로운 FWB 관계를 지향하는 여자였다. 틴더 안이든 밖이든 서로의 의도를 판단하고 인연을 맺을 수 있을지는 어차피 각자에 달렸지만, 용어 자체의 순서도 'Friends'가 먼저인데 친구가 되는 건 건너뛰고 'Benefits'에서 시작하려는 사람들을 주의해야 한다며 고개를 저어 보이기도 했다.

친구의 말까지 더해져 무거워진 마음으로는 답을 보낼 수가 없었다. 집에 가는 저녁 내내 그에게 마음이 쓰였다. 그가 원하는 게 오로지 'Benefits'일까 봐 심란했다. 오래된 사이가 아닌 새로운 사람과 어떻게 친구가 되는 건지 그녀도 잘 몰랐다. 그나마 확실한 건, 연락처를 교환하고 식사 몇 번 했다고 우정의 강도가 절로 세어지지 않는다는 사실이었다. 하루아침에 위태로워지기도 하는 연애와는 달리, FWB가 감정의 안전을 보장하는 획기적인 관계의 치트키인지도 의문이었다. 서로 자신의 이익만을 꾀하는 대신 속마음을 나누는 시간 자체가 위안과 힘이 되는 이상적인 'Friends'가 될 수만 있다면, 어차피 죽어서 가루가 될 몸으로 'Benefits'를 나누는 것 따위는 문젯거리도 아닐 것 같았다.

자정이 되도록 묵묵부답인 그녀에게 B는 연이어 메시지를 남겼고, 두 사람은 대화창에서 엎치락뒤치락했다. 가까워지고 싶지만, 그녀가 자신을 밀어내는 것 같다고 부연하는 말에 그녀는 가깝다는 뜻이 그 유명한 FWB 관계를 뜻하냐고 물었다. 그는 바코드 붙이듯 관계를 규정짓지 말고 계속 만나기를 원했다. 그녀 주변에 이성이 많을 거라 넘겨짚었다가, 이윽고 자기하고만 만났으면 좋겠다는 바람도 드러냈다. 이에 그녀는 틴더를 더는 쓰지 않겠다는 뜻이냐고 맞받아쳤고, 그는 학교 학생들도 많이 쓰는 것 같아 이미 지웠다며 대수롭지 않은 듯 반응했다. 메시지로 대화하기 답답했는지, 그는 만나서 이야기하자고 그녀를 설득했다. 다음 주말에 시간을 내겠다는 대답을 끝으로 그녀는 대화창을 나갔다.

12월의 한가운데 두 사람은 열흘 만에 다시 만났다. 그녀의 집 근처 커피숍에서 그동안의 일상을 이야기하는 것으로 어색함을 대신했다. 그는 가까이 앉아 휴대폰으로 새로 분양받은 고양이 사진을 보여줬다. 이리저리 챙길 것이 많아도 즐겁다면서 치즈케이크 같은 고양이를 껴안고 찍은 셀카도 구경시켜주었다. 안 본 사이 다소 발랄해진 그의 목소리에 그녀는 오랜만에 웃어 보였다. 내심 그 작은 동물에게 부러움을 느끼는 자신이 이상하다고 생각할 때쯤, 그는 그녀의 얼굴을 정면으로 바라봤다. 그녀가 딴생각하는 걸 눈치챈 듯, 무슨 생각을 하는지 궁금하다고 물었다. 그녀는 피로가 누적되었는지 요즘 그런 말을 자주 듣는다면서, 대화에 집중해보려고 자세를 고쳐 앉았다. 그와 마무리 짓지 못한 이야기가 머릿속을 맴돌았지만, 붙잡아 도마 위에 올릴 만한 힘은 모자랐다.

실제로도 그녀는 휴식이 필요했고, B는 학교 방학이

시작된 첫 번째 주말이었다. 서울을 하루만이라도 벗어나고 싶다는 그녀의 말에 그는 내일 동해안이라도 가보자고 망설임 없이 제안했다. 그는 그 자리에서 휴대전화로 렌터카를 예약했고, 그들은 일요일 아침 출발 두 시간여 만에 속초에 도착했다. 준비한 것이라고는 지갑과 물 그리고 휴대전화가 전부였다. 별 계획 없이 떠나는 게 계획인 여행이었고, 발길 닿는 대로 시간을 썼다. 허름한 식당의 새빨간 플라스틱 의자에 앉아 제철이라는 양미리구이에 시원한 매운탕을 같이 먹었고, 탁 트인 모래사장을 걸으며 짙은 바다 냄새를 맡았다. 누구든 몇 발치 앞서 걸을 때면, 서로를 카메라에 담기도 했다.

오후가 되어 타고 온 전기차를 충전시킬 동안 두 사람은 히터와 오래된 팝송을 틀고 앉았다. 그는 운전석 창문을 조금 내려두면서, 완충까지 30분은 걸릴 테니 그녀에게 피곤하면 자도 된다고 말했다. 고개를 끄덕이던 그녀는 왼편에 앉은 B를 보았다. 그가 가깝게 보였다. 아직 식지 않은 겨울 햇살에 비친 뺨과 통통한 귓불, 선명한 수염 자국, 나팔처럼 벌어진 셔츠의 소매, 잠 깨는 껌의 녹색 뚜껑까지. 기대한 적 없던, 계획되지 않은 아름다움이 있었다. 좌석을 살며시 뒤로 젖히고 누운 그는, 편안하고 노곤해 보였다. 그가 턱을 약간 치켜든 채 눈을 감았을 때, 비로소 조용하던 그녀가 입을 열었다.


"근데… 가까워지고 싶다는 게 어떤 뜻이었어요?"


"…저도 잘은 모르겠어요. 딱히 뭘 바라고 한 말은 아
니었는데….
음… 지금은 이렇게 나란히 낮잠이나 자고 싶은 거….
아닐까요…."

Chapter 2
# 타인의 삶, 그 생경함

# 메세지 창 너머,
# 진짜 사람

## S 27
기타리스트가 되고 싶었던 대학원생

틴더 속에서는 그녀로부터 늘 반경 8km 내에
있던 사람이었는데, 이제는 더 이상 S와의
거리가 감지되지 않았다.

은빛 철사 같은 빗줄기가 아스팔트 위로 몸을 힘껏 내던진다. 그녀는 부엌 창 너머로 질주하는 차들을 숨죽이고 내려다보다가, 익숙한 듯 한 손으로 커피포트에 물을 부으며 다른 한 손으로는 휴대폰으로 인터넷 뉴스를 훑는다. S가 다니는 대학교의 한 학생이 극단적 선택을 했다는 헤드라인이 눈에 들어왔다. 회사원인 그녀는 S를 틴더에서 만나 두어 달 정도 가끔 밥을 먹고 통화하는 사이로 지냈지만, 빠듯한 스케줄과 서로 다른 삶의 방식으로 인해 만남을 이어 갈 의지와 시간을 잃고 또 다른 두어 달을 흘려보냈다. 잠이 덜 깬 얼굴로 그 기사를 중간 정도 읽어 내려갔을 때쯤, 끓는 물에서 터져 나온 수증기에 그녀는 숨이 턱 막혔다. 기사를 쓴 기자는 S를 '김모씨'라고 연거푸 불러댔지만, 완벽한 문장으로 서술된 죽은 이의 삶은 그녀가 만난 S임이 확실했다. S의 아버지는 지독하게 잠겨있던 S의 컴퓨터 메모장 비밀번호를 풀기까지 한 달이 넘게 걸렸다고 설명했다. 이어 '유서'라고 명명되어 버린 S의 조각난 메모들이 전시되어 있었다. 그 아래에는 여름맞이용 호텔 할인을 광고하는 총천연색의 배너가 둥둥 떠 있었다. 잘못 살고 있는 것이 아닌지 자문하던 S가 새벽 3시 17분경에 메모 하나를 읽고 또 읽어보다 그녀는 숨을 죽이고 의자를 찾아 앉았다. S와 마지막으로 주고받은 말들을 침착하게 되짚어봐야겠다고 생각했다. 대화창 목록을 한참 아래로 내려서 S와의 메시지를 찾았다.

잘 들어가고 계신가요?
오늘 갑작스럽지만, 시간 내주셔서 감사했고
즐거웠습니다.
다음에 또 시간 괜찮으시면 봐요.

시간을 낸 게 아니고, 시간을 나눈 거죠 :)
저도 즐거웠어요. 학교 구경해보고 싶네요.
초대 한번 해주세요. 주무세요~

뜨겁지도 차갑지도 않던 S와의 대화는 4월 8일을 마지막으로 돌처럼 굳어 있었다. 그녀는 벚꽃이 다 지기 전에 회사에 반차를 내고서라도 S가 다니는 학교 캠퍼스를 함께 걷기를 원했었다. 습관적으로 그녀보다 반 박자 빠르게 걷다가도 대화가 시작되면 보폭을 좁혀 주었고, 전화 통화를 하다가 서로 동시에 말이 나올 때면, "먼저 말씀하시죠."라고 하는, 자신의 속도를 상대방을 위해 늦추어줄 줄 아는 사람이었다. 무엇보다 'ㅋ'과 'ㅎ'을 녹은 치즈처럼 흘리던 남자들과는 다른 그의 교과서적인 말투가 마음에 들었고, 말투에 비해 부드럽고 상냥한 목소리를 자주 듣고 싶었다. 하지만 불청객같이 불쑥 찾아온 사내 부서 이동으로 그녀는 이따금 화장을 지우지도 못하고 지쳐서 잠이 들어버리는 생활을 반복했다. 붉게 빛나던 성수 대교를 바라보며 걷던 그 밤이 마지막이 될 줄은 꿈에도 모르고, 자신만큼이나 S도 졸업논문 준비로 정신없이 지내리라 믿었던 것이다. 그 사이 계절은 바뀌었고, 이렇게 비가 마구 쏟아지는 아침, 인터넷 뉴스로 발견한 S의 죽음이 현실이 아니라 연출된 드라마 속 한 장면이 아닌가 싶었다. 그녀는 먹먹한 마음으로 의자에서 일어나 찬 바람을 쐬러 베란다 창가 쪽으로 걸어갔다. 창문을 활짝 열어젖히고 흩뿌리는 빗방울에 얼굴을 가져다 대었다. 방충망의 좁고 어두운 구멍들 사이로 비치는 모든 것이 젖어있었다. 이런 날씨에 S가 어디에 잠들었는조차 알 길이 없어 눈앞이 흐릿해졌다. S가 삶을 중단한 시각에 대체 자신은 무엇을 하고 있었는지라도 알고 싶었다. 두 손으로 휴대폰을 다시 부여잡고, 그 기사

본문으로 돌아가 S가 떠난 날짜를 찾아내었다. 4월 9일, 4월 9일, 4월 9일… 마치 전압이 극도로 오른 퓨즈가 끊어지듯 그녀는 머릿속이 컴컴해졌다. 그날은 S를 마지막으로 본 바로 다음 날이었다.

　지난 몇 달간의 침묵이 허무하게 설명된 순간이었다. 바깥에 쏟아지는 빗소리가 갑자기 더 크게 들려왔다. S가 그저 바쁜 줄로만 생각하고 살았던 그녀는 당혹감을 감출 수 없었다. 자신의 무심함이 실망스럽기까지 했다. 공식적인 연인관계는 아니었지만, S가 죽기로 한 바로 전날 밤에 자신을 만났다는 사실에 큰 의미를 두었다가도, 두 달이 넘어서 우연히 알게 된 그의 죽음 앞에 자신이 단지 유령 같은 존재는 아니었는지 알 길이 없어 혼란스러웠다. 틴더 속에서는 그녀로부터 늘 반경 8km 내에 있던 사람이었는데, 이제는 더 이상 S와의 거리가 감지되지 않았다. 이 답답하고 시큰거리는 마음을 메마른 애도로 당장 소비해버릴 수는 없었다. 대화창에다 S의 이름을 불렀다. 그녀가 S와 함께했던 모든 기억만은 떠나지 못하게 최대한 곁으로 끌어오고 싶었다. S를 처음 알게 된 순간을 기점으로 뚝뚝 끊긴 기억을 이어 붙여야겠다고 생각했다. 무력감이 몰려오기 전에 무엇이라도 붙잡고 싶었다. 그녀는 긴 숨을 내쉬며 의자를 다시 찾아가

깊숙이 기대어 앉았다. 눈을 감았다.

*

　잔인한 미세먼지에 움츠러들던 4월의 어느 저녁, 부은 발을 욱여넣은 하이힐을 원망하며 올라탄 지하철 안에 선 자신의 모습이 떠오른다. 표백제 빛깔의 마스크를 쓴 사람들을 등지고 서서 휴대폰을 들고 빠알간 불씨의 틴더 아이콘을 찾는다. 아무도 만나고 싶지 않은 표정 없는 얼굴로 화면 속에서 이리저리 헤매다 S의 사진을 처음 발견했던 순간에 기억을 일시 정지시킨다.

　어디를 응시하는지 알 수 없는 한 남자가 모래색 콘크리트 바닥에 앉아있다. 긴 청바지에 검은 점퍼, 툭 떨군 깍지 낀 두 손, 곧게 뻗은 두 다리 그리고 바다가 멀리 보이는 그 한 장의 프로필 사진이 보인다. 그 사진 속 분위기에서 전해오는 고요함이 좋아서 한참을 보다가, 문득 그 남자 옆에 맨발로 앉아 서로의 침묵을 쓰다듬는 상상에 잠긴다. 홀로 설산을 바라보는 자신의 프로필을 보고 S가 'Like'를 보내주기를 바란다. 다행히도 S가 그녀보다 먼저 호감을 표시해주어 그녀는 S에게 바로 말을 건넬 수 있게 된다.

안녕하세요…!
좋아하는 노래 하나만 알려주세요
지금 딱 떠오르는 노래

안녕하세요, 반가워요.
좋아하는 노래….
Slowdive - When the sun hits
가 지금 딱 생각나네요.

오, 지금 바로 들어볼게요..!

취향에 맞으시려나요.

　　그녀는 직관적으로 자신과 비슷한 성향을 가진 사람
이라 여긴 S에게만큼은 "어디 살아요?"나 "주말에 뭐해
요?" 따위의 틀에 박힌 질문으로 대화를 시작하지 않는
다. S가 알려준 그 Slowdive의 노래를 듣다가 그와 당장
통화를 해야겠다고 생각한다. 슈게이징SHOE GAZING의 몽
환적인 사운드를 좋아하는 이성을 드디어 발견했다는
생각에 무척 들떠서는, 통화가 시작되자마자 자신이 얼
마나 Slowdive를 즐겨 들었었는지, 또 몇 년 전에 슈게이
징의 바이블인 MBVMY BLOODY VALENTINE 공연장에서 제공한

귀마개를 껴야만 했던 에피소드를 S에게 재잘재잘 들려준다. S는 MBV 멤버들의 사인을 받은 크림색 베이스 기타가 있다며 자랑한다. 믿지 못하겠다는 반응에 S는 통화하는 도중에 그 기타 사진을 찾아서 바로 전송한다. MBV을 광적으로 좋아해서 공연장을 쫓아다니던 시절의 이야기를 들려주며, 록이 각성제라면 슈게이징은 진정제라던 S의 말에 한참을 끄덕이며 웃는다. 잠들 시간을 훌쩍 넘길 때까지 이어진 S의 음악 이야기에 취하던 밤이 떠오른다. S도 그녀에게 즐겨듣는 노래들을 알려달라고 한다. 브라이언 이노<sup>BRIAN ENO</sup>의 <Golden hours>를 퇴근 길에 들었다던 그녀에게 꼭 들어보겠다는 약속을 한다. 출근을 몇 시간 앞둔 그녀에게 잘 자라는 말을 다정하게 건네고서, 그녀와 나눈 이야기가 오늘의 가장 긴 대화였다고, 그래서 좋았다고 수줍게 덧붙인다.

*

그녀는 옅은 미소를 지으며 눈을 떴다. 다시 비가 세차게 내리는 소리가 귀를 울렸다. 굳어있던 발가락을 꼼지락거리며 휴대폰의 시간을 확인했다. 지금쯤 출근용 옷을 골라야 하는데 그녀는 의자에서 쉽사리 일어나질 못하고 S와 함께한 기억의 잔상에 뒤덮여 아직 꿈을 꾸는 듯했다. S의 미묘하게 삐걱거리던 걸음걸이가 눈앞에 어른거렸다. 저녁 식사 테이블에 마주 앉았던 그 날, 레드 와인과 영화 <중경삼림>을 좋아한다며 지어 보이던 S의 미소가 그려졌다가, 읽던 책을 보여주며 페이지의 모퉁이를 세로로 반듯하게 접던 그의 기다란 손가락도 생각났다. 별거 아니라고 여긴 엉킨 기억이 솟구쳐 올랐다. 갑자기 손에 쥐고 있던 휴대폰에서 경쾌한 알람이 진동과 함께 울렸다. 그녀는 현실로 돌아와야만 했다. 어젯밤 의자 위에 벗어둔 옷을 그대로 걸쳐 입고, 무거운 발걸음을 이끌어 현관문을 나섰다.

충혈된 눈으로 하루에도 두어 번씩 S와의 대화창을 습관처럼 들여다보다 일주일이 흘렀다. 여드레 밤, 그녀가 불렀던 S의 이름 왼쪽의 숫자 '1'이 갑자기 사라졌다. 분명 누군가 읽은 것이 틀림없었다. 기계는 거짓을 말할 리 없다. 그녀는 이내 혼란에 빠졌다. 쉬지 않고 돌아가는 선풍기 앞에 넋을 놓고 앉았다. '왜 대답이 없을까?', 'S의 아버지가 대신 읽은 것일까?', '내가 지금 혼자 소설을 쓰는 걸까?', '지금 S는 어디 있을까?', '새로운 곳에서 친구는 사귀었을까?', '좋아하던 기타를 마음껏 연주하고 있을까?', '다시 만난다면 나를 알아봐 줄까?', '나는 잘살고 있는 걸까?', 'S를 만날 수 있는 기한이 정해진 줄 미리 알았더라면, 이 모든 상황이 달라졌을까?'…
그녀는 생각하고 또 생각했다.

자신도 모르는 사이 S를 사랑하게 되었다고 믿었지
만, S의 거대한 상처 덩어리는 보지 못했던 자신을 자책
하며 눈을 뜬 아침도 있었다. 또 어떤 날은 힘듦과 아픔
을 알아 갈 기회조차 주지 않은 S를 미워하며 밤을 보내
기도 했다. 그러다 한 사람을 사랑하는 것이 정말로 가
능한 일일까 의심하며 새벽을 맞이한 적도 있었다.

그녀는 이따금 방을 가득 채운 정적을 견딜 수 없는
날에는 그가 알려 준 'Slowdive'의 노래를 찾는다. 볼륨
을 높인다. 그리고 눈을 감는다.

'It matters where you are'
'네가 있는 곳이 중요해'

# 향수와 선인장

**F** 28

해외 근무 중인 건축 프로젝트 매니저

그녀는 주변 사람의 소개로 알게 될 만한
인물은 아니라고 확신했고, 그가 어떤 삶을
살아온 사람인지 알고 싶어졌다.

2018년 12월 14일 금요일, 그녀는 차갑고 흐물거리는 클렌징 티슈로 화장을 말끔히 지워냈다. 하루를 마감하는 의식 같은 일이었다. 창문도 없는 미술관에서 일이 끝나면 집에 돌아와 매일 반복하는 행위지만, 매번 다른 자신의 민낯을 마주했다. 어떤 날은 자극 없이 말끔했고, 또 어떤 날은 붓거나 붉어져 버리기도 했다. 계절이나 호르몬, 스트레스 따위의 진부한 요인들로 그녀의 클렌징 강도는 교묘하게 조종당해왔다. 희한한 점은 몸과 마음이 피곤할수록 더 힘차게 닦아낸다는 것이었다. 그런 날이면 솟아나 있던 뾰루지가 짓이겨져 피가 묻어 나오기도 했다. 간혹 세면대 앞에 서 있을 기력조차 없을 때는 울어버리는 방법으로 의식을 대신했다. 하지만 그녀가 기억하는 한, 얼굴에 잔여물을 남겨둔 채 잠드는 날은 없었다. 어떻게든 씻겨진 자신의 민낯을 확인해야만, 궁극의 편안함을 느낄 수 있었다.

여느 때와 같은 주말을 몇 시간 앞둔 밤, 그녀는 보습 크림을 듬뿍 바른 채 침대에 누워 친구와 전화 통화로 연말 모임을 계획하고 있었다. 장기 연애를 종료하고 맞는 첫 번째 겨울이라는 것을 그녀의 주변 사람들은 다 알았다. 숨 쉬는 것 외에는 모든 게 귀찮은 마음으로 가을을 겨우 넘기고, 추위가 시작된 후로는 발 시리다는 변명을 둘러대며 동면하는 뱀처럼 구는 자신을 모르는 사람은 없었다. 그런 그녀에게 전화를 건 친구는 주말에 같이 술을 마시자고 했다가, 불쑥 틴더로 새로운 남자를 만났다고 고백했다. 이야기의 물줄기는 예상 밖으로 흘러갔지만, 오랜만에 듣는 친구의 들뜬 목소리 톤에 맞추어 "잘됐다. 계속 잘 만나봐"라고 답했다. 행복과 행운을 빌어주는 말밖에 할 수 없었다. 그런 말만이 자주 보지 못하는 친구 사이를 '잘' 존속시켜줄 거라 믿었다.

그녀는 친구와 통화를 마치자마자, 도전 의식에 휩싸여 틴더를 다운로드했다. 십 년 전에 가입해둔 페이스북 계정과 연동하니 심호흡 한 번 하는 사이 가입이 끝났다. 그 앱은 '새로운 친구'를 발견할 수 있다는 슬로건을 앞세웠지만, 그녀는 이미 동성 친구는 충분히 있다고 생각해서 검색 항목은 고민할 것도 없이 '남성'으로 체크했다. 이내 '주변 사람들 검색 중…'이라는 문구와 함께 자신의 텅 빈 프로필 사진 주변으로 핑크색 원이 몽글몽글 퍼져나갔다. '가끔' 집 근처 공원을 같이 걸을 누군가가 필요했는데, 그 '가끔'이 한꺼번에 그녀에게 들이닥친 것만 같은 밤이었다. 그녀는 검색 반경 거리를 2km로 최대한 좁혀보았다. 동네 사람과 운 좋게 매칭이 되더라도 지나치게 자주 마주치면 어쩌나 하고 지레 겁을 냈지만, '좋은 것은 결국 좋은 걸 부른다'던 친구의 아리송한 낙관론을 믿기로 하고 사람들의 프로필을 찬찬히 확인했다. 그러던 중 어깨너비가 그녀의 두 배는 되어 보이는 F를 발견하고 스와이핑을 멈췄다. 그녀와 동갑인 F의 프로필 사진은 헬스장의 어두운 운동기구 위에 앉아 찍은 셀피였다. 이목구비는 동서양의 특징이 묘하게 공존했고, 피부색은 흑백필터로 덮여서 국적을 추측하기 어려웠다. 장방형의 얼굴, 높고 반듯한 코, 구레나룻으로부터 번진 턱수염, 짧은 침엽수 같은 머리카락, 헬스장 거울에 반사된 나르시시스트적인 눈빛은 그녀의 시선을 머물게 했다. 자세히 보니 처음엔 까만 팬던트 목걸이로 보였던 F의 이어폰도 보였다. 땀에 젖은 피부와 티셔츠 사이를 아래에서 위로 관통해 넥라인 밖에서 대롱거리는 모양이었다. 그 이미지 위에는 하얀색 텍스트로 'Project Manager, 런던 출신, 본사 발령으로 한국에 1년 근무하게 됨'이라고 쓰여있었다. 헬스트레이너도, 영어 선생님도 아니라고 추가 설명한 것으로 보아 억측을 여러 번 받은 듯했다. 한국을 더 알고 싶고, 운동과 힙합을 좋아한다며 자신의 Spotify 플레이 리스트를 몇 곡 연동해두기도 했다. 주변 사람의 소개로 알게 될 만한 인물은 아니라고 확신했고, 그가 어떤 삶을 살아온 사람인지 알고 싶어졌다.

잠정적 결혼 상대만을 찾아야 하는 현실에 지친 그녀에게 F는 틴더만큼이나 새로움 그 자체였다. 지하철 한 정거장 내에 이런 남자가 이성을 찾는다는 사실을 이 앱이 아니면 무슨 수로 알겠나 싶었다. 현실에서 마주친다 한들 그가 미혼인지, 돌싱인지, 이성애자인지, 무엇보다 내게 호감이 있는지 모든 것이 미지수인 상황에서 먼저 다가가 말을 걸 리 만무했다. 상상만 해도 온몸의 털이 쭈뼛 설만큼 부끄러운 장면에 소스라쳤다가, 그녀의 엄지 손가락이 화면 위에서 수직으로 슬쩍 미끄러져 올라가 버렸다. 곧이어 새파란 'SUPERLIKE'라는 글자가 난데없이 번쩍였다. 무슨 상황인지 인지하기도 전에 그녀의 입은 이미 벌어져 있었다. 대놓고 보낸 호감의 표시를 회수할 방법은 없어 보였다.

F는 그녀의 첫 'SUPERLIKE'를 예상보다 빨리 발견했고, 둘은 매칭이 되었다. 그녀의 사진도 그와 마찬가지로

한 장뿐이었다. 높게 질끈 묶은 검은 머리, 적포도주색의 등산화, 몸에 달라붙는 검은 바지, 바람에 의해 부풀려진 흰 반팔 티셔츠를 입고 산 정상에 서서, 그녀 몸집의 두 배가 넘는 돌에 기대어 활짝 웃는 사진을 그가 놓쳤을 리는 없었다. 평면에 정지된 이미지가 그들의 첫인상인 셈이었다. F는 채팅창에서 그녀의 사진 속 장소가 어딘지 물어보며, 한국에서 제일 하고 싶었던 게 등산이라는 말로 건전하게 대화를 이끌었다. 그들은 하는 일과 사는 곳의 대략적인 정보를 서로 주고받았다. 그는 우버로 10분 거리에 사는 그녀를 매우 반가워했고, 한 번도 서울에서 우버를 이용한 적 없던 그녀는 그가 쓰는 어휘들을 마냥 신기해했다. 그는 주저 없이 그녀의 메신저 아이디를 물었고, 그녀는 누구나 알 법한 회사에서 일하는 그를 흔쾌히 친구 목록에 추가했다. 그의 연말 계획을 물어보려고 하는 참에 그는 영국의 가족과 통화해야 한다며 내일 또 이야기하자고 인사했다. 그녀 역시 다음 날인 토요일에는 격주로 출근하는 날이라 아쉬운 마음을 억누르며 잘 자라는 짤막한 답을 보내고 곧 잠이 들었다.

그녀가 북적대는 전시장에서 관람객에게 한참 작품을 설명할 무렵, F는 퇴근 후 같이 한잔하고 싶다고 메시지를 보냈다. 부드러우면서도 간결한 그의 질문에 싱긋

웃으며 좋다고 응한 후로 그녀는 화장실을 자주 들락거리며 피부에 파운데이션을 덧발랐다. 그러다 상사와 마주쳤고, 미술관 대표와의 회식 자리에 갑작스레 참석해야 하는 상황에 놓였다. F에게 구구절절 정황을 설명하기 언짢았던 그녀는 크리스마스 전이라 업무가 밀려서 다음에 만나자는 식으로 그에게 사과해버렸고, 그는 다음에 봐도 괜찮다고 했다. 이튿날 약속을 다시 잡아보려 그녀가 먼저 연락했지만 어떤 연유에서인지 메시지는 읽히지 않은 채로 몇 주가 지났다. 그녀는 결국 가족과 먹고 마시는 전형적인 연말 연휴를 보냈고, 만난 적도 없는 F의 안위를 궁금해할 필요는 없다고 스스로 되뇌며 시간을 흘려보냈다.

1월의 어느 주말, F는 별안간 그녀에게 메시지로 안부를 물었다. "살아계셨군요!"라는 농담 섞인 답장에 그는 정신없이 일하다 고향으로 긴 연말 휴가를 다녀왔다고 태연하게 해명했다. 그동안 멀어진 심리적 간극을 좁혀보려는 듯, 저녁을 먹자고 그녀를 설득했다. 회사 건물에 괜찮은 식당이 있다며 같이 가고 싶다는 말을 덧붙였다. 구체적인 그의 제안을 그녀는 거절하지 않았다. 무기한 보류되었던 첫 만남이 얼마큼 설레게 해줄까 생각하니 아득한 기분이 들었다.

약속 당일, 검은 가죽 재킷을 입은 그는 멀리서 보면 전형적인 히어로 영화 속 인물 같은 체격이었지만, 다가와서 가볍게 포옹하고 보니 서글서글한 인상을 풍겼다. 검고 빽빽한 턱수염의 촉감은 간지러운 정도였고, 그가 허스키한 보이스로 그녀의 이름을 부를 때 보인 앞니 사이의 틈은 오프라인 세계에서만 관찰 가능한 특징이었다. 식당 테이블에 앉아 서로를 바라보며 만나서 반갑다는 말을 어색하게 꺼내었다. 메뉴판으로 서로 얼굴을 반쯤 가리고서 F는 구운 새우와 야채 샐러드를, 그녀는 카레와 맥주를 주문했다. 첫 잔을 부딪치면서는 서로의 특별할 것 하나 없던 지난 크리스마스에 실없이 웃기도 했고, 그가 코스타리칸 부모님 아래 자란 이민 2세대 영국인이라는 사실도 새롭게 알았다. 그는 그녀만큼이나 태평양 건너에 위치한 남미의 그 나라에 대해 아는 것이 없어 보였지만 스페인어는 조금 할 줄 안다며 으스대기도 했다.

그녀는 그날 저녁의 모든 순간이 생경했지만, 생각보다 편히 식사를 할 수 있어서 안도했다. 두 사람은 두 번째 잔을 홀짝이며 질문을 주고받았고, 둘 다 일회성 만남보다는 종종 식사하며 친해질 수 있는 이성 친구를 원하고 있음을 확인했다.

대화를 이어가던 그녀는 F가 자신만큼이나 단조로운 삶을 살고 있다고 느꼈다. 회사 동료들과 가끔 이태원에 놀러 가는 시간 외에는 운동과 넷플릭스가 전부인 듯했다. 회사 건물의 헬스장은 너무 좁아서 사설 헬스장을 계속 검색하고 있다는 F의 갑작스러운 푸념을 듣고서는, 혼자 찾아가 등록하기는 어려울 것 같다는 짐작에 그녀가 나서서 도와주면서 두 사람은 조금 더 가까워졌다. 헬스장 답사를 하러 갔다가 그를 따라 석 달 치 이용권을 덜컥 결제해버린 것이었다. 그녀는 헬스장에 한 번도 관심을 둔 적이 없어서 운동 전에 메이크업을 지워야 한다는 것조차 모르던 깡마른 여자였다. 그렇게 시작한 운동은 일주일에 두세 번씩 이어졌다. F는 그녀에게 가벼운 덤벨 동작부터 기본적인 기구를 이용하는 법을 차분히 알려주었다. 자연스럽게 서로의 피부가 닿는 일은 불가피했고, 그녀는 그 앞에서 민낯을 드러내는 일에 날마다 익숙해져 갔다. 엄두도 내지 못하던 자신의 변화에 종종 실소를 머금었다. 태어나 처음으로 단백질 보충제까지 챙겨 먹으며 한 달을 보냈고, 반복되는 일상에 운동이라는 새로운 습관을 삽입하면서 하루가 길어진 것만 같다고 느꼈다. 운동 후엔 간단히 샐러드를 먹으면서 F에게 자신의 지나간 연애사를 늘어놓거나, 학예사 자격증을 준비하며 느끼는 고충을 털어놓기도 했다. F는 동경하던 건축회사에서 일하게 되어서 현재 만족하지만, 한국지사의 업무 강도에 혀를 내두르면서 5월의 휴가만을 기다리는 눈치였다. 그녀는 지금처럼 서로에게 낭만적 욕구만 없다면, 그와 갈등 없는 담백한 사이로 남을 수 있을 거라 예견했다.

3월의 어느 날 두 사람이 익선동에서 저녁을 먹고 식당을 나서려는데 예기치 못한 눈이 내리고 있었다. 식당 주인에게 우산 하나 빌리고서, 근처에 있다는 그의 숙소에 그를 데려다주고 그녀는 바로 지하철을 타러 가기로 했다. 추위에 코를 훌쩍이던 그는 숙소에 들러 잠시 차 한잔하고 가는 게 어떻겠냐고 물었고, 그녀는 고개를 끄덕이며 우산을 든 그의 팔을 붙잡았다. 좁고 미끄러운 한옥 길을 빠져나와 낙원상가를 통과하자 보이는 고층 건물을 그가 '숙소'라며 가리킬 때까지 두 사람은 별말이 없었다. 로비가 훤히 들여다보이는 모던한 분위기의 비즈니스호텔이었다. 일방통행 도로를 마주한 입구에 쌓인 눈 위로 촘촘한 발자국들이 보였다. 건물을 나서던 그의 회사 동료와 어색한 목례를 나누고 두 사람은 곧장 엘리베이터를 탔다. 호텔 키카드로 문을 열자 드러난 내부는 그녀가 생각하던 분위기와 달랐다. 넙데데한 침대가 공간의 중심을 차지하는 호텔이 아니었다. 침실이 분리된

전형적인 방 2개짜리 아파트라고 부르기에 적합한 구조
였다.


두 사람은 현관에 신발과 코트를 벗어두고 얼어있던
몸을 뜨거운 차로 녹였다. 발아래로 종로의 야경이 내려
다보이는 거실 창에 나란히 기대어 서서 굵어지는 눈발
을 구경했다. 눈은 한꺼번에 쏟아지지 않고 서서히 지상
으로 내려가 도시의 소음을 뒤덮었다. F는 길어진 정적이
어색했는지 시선을 돌리고 샤워를 해야겠다며 욕실로 향
했다. 그녀는 창가에 놓인 의자에 다리를 뻗고 앉아 주위
를 살폈다. 시각적으로 보이는 모든 것은 분명 낯설었는
데 그녀는 묘한 기시감에 빠졌다. 피곤해서 정신이 살짝
이상해진 거라 생각하며, 몸을 움직여 그의 부엌과 침실
을 조심스레 둘러보았다. 구비된 모든 물건은 아파트 모
델 하우스처럼 정갈하게 놓여있었다. 로비부터 침실까지
정사각형의 콘크리트 오브제로 꾸며진 그곳은, 바닥에
벗어놓은 양말 한 짝만이 사람이 살고 있다는 표식처럼
보였다.


F는 수증기로 가득한 욕실의 문을 활짝 열어젖혔다.
흰 티셔츠에 검은 트레이닝 바지로 갈아입고, 이름 모를
나무에서 나는 진한 향을 휘감은 채 그녀에게 다가왔다.

그녀는 소파 테이블 위에 놓인 작은 게발선인장에 손가락을 대고 만지작거렸다. 늘어진 잎의 끝엔 단단한 봉우리가 향기도 없을 꽃이 되려고 웅크리고 있었다. 그는 살아있는 것을 하나 갖고 싶어 샀다며 멋쩍은 듯 치아를 드러내고 웃어 보였다. 그리고 선인장 옆에 놓여있던 시바스 리갈 위스키병을 움켜잡았다. 제일 좋아하는 술이라며 향을 맡아보라고 그녀의 얼굴 앞에서 뚜껑을 열었다. 그 갑작스럽고 위압적인 향 때문인지 이상하게도 그녀의 귀에 붕붕거리는 벌레가 날아든 것만 같았다. 그녀는 정신을 차리기 위해 욕실로 다급히 들어갔다. 후텁지근한 욕실 바닥에 그녀의 양말은 빠르게 축축해졌다. 조금 전 F에게 나던 향이 다시 날카롭게 코끝을 적셨다. 메스꺼움을 유발하는 건 아니었지만 머릿속이 점차 소란스러워졌다. 세면대 앞에 서서 화장기 없는 자신의 얼굴을 비춰 보다가, 찬물로 피부가 욱신거릴 때까지 씻어냈다. 고개를 들고 겨우 눈을 떴더니, 선반 위에 네모난 향수가 하나 위태롭게 얹혀있었다. 푸른색 유리로 만든 부비트랩 같아 보였다. 그녀는 "왜 하필… 시발."이라고 낮게 읊조렸다. 얼굴은 구겨져 갔다. 향수 따위로 유치하게 옛 연인을 떠올리는 건 철 지난 유행가 가사 같은 짓이라 여겼던 그녀는, 양말과 끈적이던 운동복을 벗어 던지고 샤워기를 세게 틀어버렸다. 어쩌면 문밖에서 그 소리를 듣고 당황했을 F의 얼굴을 떠올리다가, 옆에 있지도 않은 그 사람을 떠올리기를 반복했다. 그녀는 샤워기 아래에 꼿꼿하게 섰다. 자꾸 생성되는 오랜 감정을 없애야만 욕실을 나갈 수 있겠다는 생각에 물줄기를 따라 맨손으로 온몸을 문질렀다. 손톱 끝에 피가 몰릴 정도로 힘을 주었다. 묵은 감정들이 향처럼 알아서 사라져주길 마구 빌었다.

한참이 지나 조용해진 욕실 문틈으로 그는 깨끗한 타올을 내밀었다. 그녀가 문을 열자 졸린 눈의 F는 그녀를 안아주었다. 그는 돌처럼 과묵했고, 두 사람의 포옹은 길고 느슨했다. 그녀의 충혈된 눈을 본 그는 혼자 마시던 위스키 잔을 싱크대에 올려두고 켜진 불을 모두 껐다. 그리고 그녀를 침실로 데려갔다. 그녀는 침대 끝으로 떨어질 듯이 등지고 누워서는 갈라진 목소리로 잘 자라는 말을 허공에 던졌다. 그녀가 베고 누운 커다란 호텔식 베개에는 잔존하는 향이랄게 없었다.

얼마 지나지 않아 그는 희미하게 코를 골면서 곤잠에 빠졌고, 그녀는 좀처럼 잠이 오지 않아 옷을 챙겨입고 걸음을 옮겨 그 빌딩을 빠져나왔다. 아무도 마주치지 않았다. 짙은 새벽에 눈으로 질퍽대는 횡단보도를 건너 택시에 탄 그녀는 몇 달 후면 고국으로 돌아가 버릴 사람과는 이쯤에서 선을 긋는 것이 옳다고 판단했다. 엉뚱한 곳에서 오랜 시간 헤매다 비로소 안락한 집으로 돌아가는 기분이었다. 일종의 홀가분함 같은 것이라 생각했다.

F는 다음 날 느지막한 오후에 그녀에게 무사히 출근했냐고 물었고, 간밤에 그녀가 말없이 가버린 이유를 굳이 묻지는 않았다. 궁금하지 않아서 그런 거로 생각해 버렸다. 그날 이후 두 사람은 전화로 몇 번 미지근한 안부만을 주고받았다. 그 사이 그녀의 헬스장 회원권은 자동으로 만료되었고, 눈이 한 번 오더니 성큼 봄이 왔다. 그녀는 4월에 있을 새로운 전시 준비에 치중하느라 여념이 없었고, 5월에 새로 업데이트된 그의 메신저 프로필 사진을 보고서야 그가 영국에서 놀러 온 친구들과 설악산으로 휴가를 떠났음을 알았다. 그로부터 몇 달 후, F는 그녀가 일하는 미술관이 문을 닫을 때쯤 한 번 찾아왔다. 커다란 유리 회전문 앞에 서서, 두 사람은 가벼워진 옷차림 때문인지 처음 만났을 때보다 깊숙해진 포옹을 나누었다. 그의 리넨 셔츠 깃은 자몽 향을 머금고 있었다. 그는 예정보다 조금 일찍 본사로 돌아가게 되었다며, 손에 든 종이 봉투 가방을 열어 보였다. 그 속에는 초록 잎이 무성해진 게발선인장이 들어있었다. 애착이 생겨서 버리

진 못하겠으니 대신 잘 키워달라고 부탁했다. 그 순간 처음으로 F가 귀여워 보인 그녀는 명랑한 웃음을 지으려다가 그만 아이라이너가 다 벗겨지도록 눈물을 떨구었다. 그녀는 겨우 "알겠어. 잘 데리고 살게. 너도 가서 잘 지내."라고 말했다. 그 빈약한 말밖에 줄 게 없었다. 못내 그럴 수밖에 없는 순간이었다.

잠정적 결혼 상대만을 찾아야 하는 현실에 지친 그녀에게 F는 틴더만큼이나 새로움 그 자체였다. 지하철 한 정거장 내에 이런 남자가 이성을 찾는다는 사실을 이 앱이 아니면 무슨 수로 알겠나 싶었다.

# 천국보다 낯선

**D** 27

유학생

앞으로 가는 것 말고는 선택지가 없는 상황이
그녀에겐 도리어 다행으로 여겨졌다.

남들처럼 그녀도 헤어짐을 겪고 나서 틴더를 시작했다. 정확히 말하자면, 독일로 워킹홀리데이를 같이 가기로 했던 전 남자친구와의 관계가 틀어진 후, 혼자서 비자를 준비할 때였다. 그 남자는 취직해서 새로운 사람들과 어울리느라 바빠 보였고, 그녀는 타격 입은 자존감을 둘러업고 하루빨리 한국을 떠날 생각뿐이었다. 도망쳐간 곳에 낙원은 없다는 걸 알면서도 익숙한 추억이 넘쳐나는 시공간에서 해방되기만을 바라며 잠자리에 들고 아침에 눈을 떴다. 초기 정착 비용을 마련하기 위해 아르바이트 시간을 늘렸고, 틈나는 대로 독일어를 공부했다. 소개팅을 시켜주겠다는 친구들마저 멀리하고, 가혹하다 싶을 만큼 일과 독학을 병행하느라 지쳐가던 어느 저녁, 우연히 지하철 벽에 불 켜진 틴더 광고를 보았다. 분홍색 화면 속에 그녀와 비슷한 나이로 보이는 여자는 '필연적인 운명적인 그런 사람, 엄마말고 없을 거야'라는 문구를 손으로 가리키고 있었다. 왠지 모르게 그 문구는 그녀의 뇌

리에 박혀서 사라지질 않았다.

틴더는 별별 인간 군상이 다 모인 곳이었다. 며칠 내내 스와이프를 해도 프로필은 바닥이 날 줄 몰랐다. 어지러운 숫자가 찍힌 통장 잔고나 결점 없는 성병 검사 결과지를 내세운 사람도 있었고, 직업이 '애무부장관'이라거나, 3분 카레를 2분 만에 완성한다는 웃긴 재주꾼이 있는가 하면, 가볍지도 무겁지도 않은 바람 같은 관계를 원하는 몽상가도 있었고, 사랑을 희구하며 매칭이 되길 손꼽아 기다리는 이도 존재했다. 저마다의 개성에 따라 노출된 프로필을 구경하다 보면 새로운 이성과 눈이 맞는 건 시간문제로 보였다. 하지만 서로가 진심을 말한다고 믿지 않으면 아무 일도 일어나지 않을 곳 같았다.

예상보다 언어교환이 목적인 사람도 제법 있었고 그중에 서울 모 대학에서 한국어를 공부한다는 독일인 D와 매칭되었다. 같이 공부하기로 한 첫날부터 '눈썰미'와 '안목'의 차이를 묻던 그의 한국어 실력은 이미 상당했고, 알고 보니 조선 시대 역사와 게임 산업에 관심이 많은 학구적인 사람이었다. 일요일마다 커피숍에 앉아서 한 주 동안의 학습량을 서로 확인하고 질문에 대답하는 식으로 서너 시간을 함께했다. 어쩌다 춘곤증이 몰려오면

올림픽 공원을 걸으며 서로의 발음을 교정해주기도 했고, 공부가 끝나고도 별다른 일정이 없는 저녁엔 식사를 같이하고 헤어지기도 했다.

석 달쯤 지나 그녀의 여권 한 면은 1년간의 체류를 허가하는 비자가 붙었고, 뮌헨을 잘 아는 D의 도움에 힘입어 도착하고 한동안 지낼 곳도 마련했다. 대학 졸업 후 처음으로 혼자 살아볼 낯선 나라였다. 그곳에서 사계절을 겪고 나면 분명 지금과는 달라진 모습일 거라는 희망을 품었다. 출국을 2주 앞둔 주말, D와 막걸리를 한잔하던 그녀는 영영 돌아오지 않을 사람처럼 잘 지내라고 했고, 그는 난민 문제로 어수선한 시기에 떠나는 그녀를 보며 가서도 연락하라는 말을 되뇌었다. 가족과 몇몇 친구에게는 사천 만 원 넘게 보장되는 보험을 들었으니 걱정 말라며 씩씩한 척 인사했다. 어림잡아 반년 정도 버틸 만큼의 돈과 옷, 각종 상비약과 필기도구를 여행용 가방에 챙기고서, 휴대폰을 정지시켰다. 출국 하루 전, 긴 생머리를 히피 펌으로 바꾸는 일로 모든 준비를 마쳤다. 비행기의 좌석 벨트에 몸이 조이고서야 감정이 북받쳐 올랐지만, 앞으로 가는 것 말고는 선택지가 없는 상황이 그녀에겐 도리어 다행으로 여겨졌다.

도착한 바로 다음 날부터 그녀는 미리 등록해둔 대학 부설 어학원에 다녔다. 얼떨결에 지은 독일식 이름으로 줄곧 불렸고, 새 연락처가 생겼고, 아침마다 같은 집에 사는 독일인 친구들을 따라 투박한 호밀빵을 먹었다. 주중엔 수업이 끝나고도 어학원 친구 서너 명과 캠퍼스에 앉아 노닥거렸고, 주말에는 다들 중고시장에서 산 자전거를 타고 만나서 골목을 함께 누비거나 과제를 하며 시간을 보냈다. 혼자일 틈이 없는 생활에 그녀는 불만이 없었다. 새로운 사람들은 끊임없이 새로운 경험을 선사했고, 그녀의 인스타그램 속 네모반듯한 게시물은 이전보다 밝아진 색감의 일상으로 차올랐다.

한여름의 뮌헨은 남녀 모두 상의를 벗고 강변에 누워 태닝을 즐기거나, 도심을 걸으면서 병맥주를 마시는 것이 너무나도 자연스러운 곳이었다. 비교적 관대한 음주 문화에도 깨진 술병이나 만취해 쓰러진 사람은 찾아보기 어려웠다. 이따금 D와 메시지로 안부를 주고 받을때면, 그녀는 뮌헨보다 서울이 좋다고 말하는 그를 미쳤다고까지 생각했고, 그는 향수병이 대체 뭐냐는 그녀를 다행이라고 여겨야 할지 아닐지를 몰랐다. 적응하는 재미에 빠진 그녀였지만 전 남자친구에 완전히 무감각해진 상태는 아니었다. 샤워하다 바닥에 떨어져 미끄덩거리는 비누를

줍다가도 지난 이별이 떠올랐다. 그러나 다행히 그 도시 특유의 유토피아적인 분위기는 그녀의 생각이 과거에 머물도록 내버려 두지 않았다.

서울과 달리 뮌헨에서 틴더는 광고가 필요 없을 만큼 이미 유명해서 어디서든 휴대폰을 들고 스와이핑하는 이들을 심심치 않게 엿볼 수 있었다. 새로운 도시에서도 그녀는 어려움 없이 매칭 상대를 찾았다. 언어의 벽에도 불구하고 어떤 사람과는 동네 친구가 되어 공원으로 피크닉을 가거나 축구 경기를 함께 보기도 했던 반면, 기이할 정도로 연애에는 심드렁해진 그녀와 잠자리를 가지는 것으로 호감을 확인받으려는 사람도 있었다. 또 다른 사람을 통해서 Demisexual<sup>반성애자</sup>-누군가에게 강한 정서적 유대감을 형성하지 않으면 성적 끌림을 경험하지 않는 사람들을 의미-이라는 단어를 난생처음 들었다.

독일 사람뿐만 아니라, 동유럽이나 남아공 출신의 어학원 친구들에게도 틴더는 인기였다. 자신에게 잘 맞는 이성을 필요로 하는 원초적인 희망을 자극하고, 그 희망에 의지해보고 싶도록 GPS와 매칭 알고리즘이 실시간으로 돕기 때문이었다. 평생을 모르고 살다 갈 뻔한 사람들을 연결하고, 자유로운 애정 생활의 중개자 역할까지 했다. 더불어 친구들끼리 사담을 나누다가 알게 된 점을 들자면, 틴더에서 시작한 관계가 마음에 드는 이들은 오로지 매칭 상대를 자랑하기 바쁘고, 그 반대의 경우엔 매칭 상대와 틴더를 콤보로 묶어 탓한다는 사실이다. 결론적으로 앱을 통한 경험은 사람들의 생김새나 성격처럼 제각각이어도, 국적과 성별을 막론하고 호기심을 건드리는 앱이라는 점은 분명해 보였다.

앱을 통한 만남과 어학원 친구들 모임으로 빼곡하게 두 달을 채웠을 때쯤, 모아온 자금은 거침없이 줄어들어 거의 반토막이 나 있었다. 워킹홀리데이에서 '워킹'을 빼고 누리던 호사는 끝을 내야 했다. 그 후 D가 알려준 한 식당에서 일을 구해 다행히도 체류는 계속할 수 있었다. 비빔밥과 각종 찌개를 나르며 뜨거운 8월을 맞이하고 있을 무렵에 D는 학교 방학을 맞아 독일에 계신 부모님 댁을 찾았고, 주말에 그녀를 초대했다. 빈방에서 하룻밤 묵고 가도 된다는 말에 한국에서 가져온 작은 선물과 간단한 짐을 들고 기차에 올랐다. 뮌헨 시내에서 한 시간 거리의 그곳은 미풍에 넘실대는 연둣빛 밀밭과 도나우강이 흐르는 목가적인 시골이었다. 아침에 내린 소낙비로 흙길이 촉촉하게 젖은 기차역 앞으로 차를 타고 마중 나온 D의 엄마는 살갑게 그녀를 맞이했다. 운전 중에도 뒷좌석에 앉은 D와 그녀가 비치는 리어뷰미러에 눈을 맞추며 말을 건넸다.

"그러니까 너희 둘이 앱에서 만났다는 거니?"

"네. 그냥 새로운 사람을 소개해주는 곳이에요."

"신문에 난 구혼 광고를 휴대폰으로 본다는 건가? 뭐가 다른 거야?"

"프로필 보고 서로 마음에 들면 바로 말 걸 수 있거든요."

"외로운 영혼들끼리 난리겠구나!"

D의 엄마는 둘 사이를 호탕하게 웃어넘기는 듯하면서도 이해하기 어려워하는 눈치였다. 비포장도로를 따라 작은 마을에 다다르자 간결한 디자인의 주택들이 보였고, 도착해 들어간 그의 집 정원에 놓인 하얀 테이블에 둘러앉아 점심으로 치즈 슈패츨레**Spätzle, 독일식 파스타**를 먹으며 긴 인사를 나누었다. 함께 저녁 찬거리를 사러 마켓에 가는 길에 그는 자신의 엄마가 오래전에 이혼한 후로는 새 남자친구와 가끔 데이트하며 지내는 중학교 선생님이라고 귀띔해 주었다. 상냥하면서도 어딘가 근엄해 보이는 D의 엄마는 담배를 맛있게 피우는 단발머리의 중년 여성이었다.

칠면조 구이에 브라트카토펠른**Bratkartoffeln, 구운 감자**를 곁들인 저녁을 배불리 먹고 나서, D와 함께 근처 숲에서 버섯을 따며 한가로이 저녁을 보냈다. 어둑해질 때까지 나무 벤치에 앉아서 그동안 하지 않았던 이야기를 나누기도 했다. 한국에서 볼 때보다 그녀의 얼굴이 훨씬 좋아 보인다며 D는 안도하는 듯 말했다. 서로 지난 몇 달 간의 이야기를 거의 다 늘어놓아 갈 때쯤, 그는 그녀에게 남녀 사이에 친구가 가능하냐고 물었다. 그녀의 마음을 떠보려는 질문 같았다. 둘 중 한 사람에게 마음이 생겨버리면 친구 관계가 불편해지는 게 슬픈 일 중의 하나라는 그녀의 대답에 D는 할 말을 잃어버린 얼굴이었다. 그녀는 늘 자신의 말에 귀 기울여주는 D에게 호감이 없는 것은 아니었다. 게다가 그는 한국에서 직장을 구해 정착하려는 의지도 내비쳤지만, 그녀는 밀고 당기는 연애를 시작할 엄두를 내지 못했다. 죽도록 당기기만 하던 이전 연애에서 남은 거라곤 마비된 감정뿐이었다. 그녀는 남녀 사이 말고, 인간 대 인간으로 꾸밈없이 대화하고 서로의 앞날을 응원해주는 사이는 불가능할지 물었다. 연인보다 친구가 되는 게 더 어려운 세상이 아니냐는 그의 말에 그녀는 상대가 어떤 선택을 하든 받아들일 수밖에 없는 신세라고 대꾸해 버렸다.

밤은 깊어졌고 급격히 말이 줄어든 두 사람은 그만 잠자리에 들기로 하고 벤치에서 일어났다. 휴대폰 불빛에 의지해 컴컴한 숲길을 빠져나와 서둘러 집으로 향했다. 게스트룸 앞에서 D는 그녀에게 아침에 안 깨울 테니 푹 자라는 말을 남기고 2층으로 올라갔다. 그녀는 곧장 불을 끄고 커다란 침대 위에 누웠다. 도시에서 ASMR로나 찾아 듣던 이름 모를 풀벌레 우는 소리가 실제로 들리는 공간이었다.

이불보를 와락 껴안고 눈을 감았다. 잠이 들기만을 바랐지만 마음대로 되지 않았다. 방해하는 사람이 없는데도 그녀는 내면의 수면 스위치를 끄지 못했다. 아무런 목적도 없이 휴대폰을 켜고 시간순으로 저장된 수천 장의 사진을 엄지만 까딱이며 하나하나 넘겨보다가, 미래에도 계속 애처롭게 혼자 누워 이러면 어쩌나 싶어 돌연 갑갑했다. 그녀는 바람을 쐬러 나가려고 일어났다. 나무 바닥이 오래되어 삐거덕거리는 복도를 살금살금 건너가 현관문을 열었다. 은은한 노랑 불빛 아래에 앉은 D의 엄마와 눈이 마주쳤다. 조금 쭈뼛거리던 그녀는 옆자리로 걸어가 앉았다. 기다란 담배를 물고 있던 그의 엄마는 옅은 미소로 말없이 담배 한 개비를 권했고, 그녀는 사양하지 않고 두 손으로 받아들고서 나지막이 물었다.

"이렇게 혼자 계실 때면 적적하지 않으세요?"


"내가 나랑 놀아주니 괜찮아.

너도 너랑 자주 놀아줘. 그것도 최대치로.

별 세느라 달 놓치지 말고…."

저마다의 개성에 따라 노출된 프로필을 구경하다 보면 새로운 이성과 눈이 맞는 건 시간 문제로 보였다. 하지만 서로가 진심을 말한다고 믿지 않으면 아무 일도 일어나지 않을 곳 같았다.

Chapter 3
# 한 여름밤의 꿈

**"I don't think I know you."**
슈퍼스타가 되고 싶었던 연극배우 P | 29세

**관계의 요령을 얻는 법**
무용수 K | 25세

## "I don't think
## I know you."

**P** 29

슈퍼스타가 되고 싶었던 연극배우

최상의 모습을 보이려 애쓴 이미지들과 다듬어
진 문장들이 가지런히 잠들어 있었다. 아릿하
고 낯선 기분이 들었다. 그 대화 속에 자신은
더는 존재하지 않는 것 같았다.

"네, 고객님 여권 사본 제출이 확인되셨습니다. 감사합니다."

수화기를 덜컥 내려놓으며 그녀는 질색했다. '되셨습니다.'라고 말해버린 자신의 입이 영 불쾌했다. 그녀가 몸담고 일하는 여행사의 동료들은 모든 것을 높여 부르는 경어법 체계 아래 단결되어 있다. 그 속에서 매일 손바닥만 한 여권이 '윗사람'으로 변모하는 현상은 당연한 일이다. 그녀는 해를 거듭할수록 민감할 수도, 민감할 필요조차 없어 보이는 그 현상에 무뎌지다가도 가끔 날카로운 목소리의 고객을 대할 때면 가슴 속 깊은 곳에서 시커먼 무언가가 꿈틀대는 느낌이었다. 하지만 남의 휴가 계획을 중개하는 일 자체에는 신기하리만치 아무런 감정이 없었다. 선천적으로 돌아다니는 것을 귀찮아하다 보니 여행 자체에 욕심이 없어서 어쩌면 지금의 일이 천직일지도 모른다고 여겼다.

어김없이 8시간의 근무를 무사히 마치고 집으로 향하는 금요일 밤, 까슬까슬한 가을바람이 그녀의 뺨을 스쳤다. 유난히 폭염경보 문자가 많이 왔던 2018년 8월의 끝자락이었다. 오랜만에 편의점에 들러 5개에 만원 하는 수입 맥주를 시원하게 결제하려던 찰나 그녀에게 전화가 한 통 왔다. 몇 년 전 학부 수업에서 알게 된 터키인 친구의 들뜬 목소리였다. 나이로는 언니뻘인 친구지만, 복잡한 존대가 불필요한 영어로 대화하다 보니 둘은 제법 가깝게 지냈다. 그녀가 취업할 때 즈음 미국으로 대학원을 간 그 친구는 틴더에서 만난 샌프란시스코 출신의 남자와 사귀게 되었다. 한국에도 한 번 놀러 왔던 두 사람은 얼마 전 새로운 집으로 살림을 합쳤다며, 언제든 놀러 오라고 소식을 전했다. 못 본 사이 훨씬 유창해진 친구의 영어에 놀란 그녀는 얼떨결에 휴가 때 얼굴 보러 한번 가겠다는 희미한 약속을 하고 서둘러 통화를 끝냈다.

불 꺼진 집으로 들어가 냉장고에 새로 산 맥주를 봉지째 집어넣었다. 샤워하려고 옷을 벗다가 이제껏 한 번도 궁금한 적이 없었던 동거에 대해 생각했다. 마음껏 못생겨도 되는 자신만의 공간에 누군가가 떡하니 들어와 있는 장면을 쉽게 상상할 수 없었다. 그래도 가끔 퇴근

후 산책을 즐기고 맥주를 나눠 마실 누군가가 있으면 좋
겠다는 희망은 늘 품은 채였다.

헝클어진 침대에 걸터앉은 그녀는 오랜만에 틴더를
열어보았다. 여름 내내 잊고 지냈던 그 앱 안에는 '베스
트초이스'라는 새로운 기능이 추가되어있었다. 인기가
많은 매치 후보들로 선발된 프로필을 보고 제한 시간 내
에 하트모양 버튼을 누르는 시스템이었다. 한눈에 보아
도 이목구비가 매우 입체적으로 보이는 사람들뿐이었다.
틴더에서 돈을 들여 조작하는 게 아닌가 의심이 갈 정도
였다. 그중에는 전문 스튜디오에서 찍은 듯한 금발의 외
국인 사진이 유독 눈에 띄었다. 움푹 팬 눈과 각진 턱선
에 반사적으로 하트를 보낸 순간, 휴대폰 화면에 'It's A
Match!'라는 형광 민트색의 문구가 번쩍였다. 불과 몇
초 사이 일어난 일이었다.

P의 프로필을 다시 찬찬히 들여다보았다. 이름과 나
이 외에는 아무런 정보가 보이지 않도록 설정한 P는 과금
이 붙은 골드 회원이 분명했다. 화려한 그의 사진과 대조
된 자신의 프로필은 어쩐지 조금 밋밋해 보였다. 그러다
불현듯 그가 모든 이성과 매칭이 되도록 설정된 가상의
인물이 아닐까 생각했다. 텔레비전만 틀면 호들갑인 '4차

산업혁명' 이야기에 세뇌당한 탓인지, 그녀는 틴더 본사에서 미남들의 사진을 합성한 이미지와 딥러닝 기술로 여성 유저를 꾀려는 실험에 자신이 걸려든 걸지도 모른다는 가설을 세우기까지 했다. 그렇다면 인공지능이 얼마나 정확하게 자신의 언어를 이해하는지 검증부터 해봐야 했다. P에게 먼저 말을 걸어 보기로 했다.

"Hello, stranger!"

'Hi'를 대신할 신선한 첫인사를 잠시 고민하던 그녀는 어느 미국 영화 속 주인공이 기절 상태에서 깨어나자마자 뱉은 대사를 따라 했다. 혹시나 하고 맥주 두 캔을 비우며 기다렸지만, 역시나 답장은 오지 않았다. 방에 불을 켠 채로 잠들었다가 새벽녘에 P로부터 온 메시지 소리에 눈을 떴다. 반갑다는 말과 함께 자신은 워싱턴 D.C.에 산다고 밝혔고, 그녀의 위치를 궁금해했다. 그녀만 괜찮다면 왓츠앱WhatsApp에서 대화해 보면 어떻겠냐고도 물었다. 예상치 못한 P의 반응에 눈이 동그래졌다. P가 먼저 나서서 틴더를 떠나 개인 메신저로 옮겨가자고 말할 줄은 전혀 예상하지 못했기 때문이다.

그녀가 번호를 알려주기 무섭게 P는 음성메시지를 보

내왔다. 틴더에서 만난 사람들과 틴더 밖에서 채팅한 적은 여러 번 있었어도 여태 P와 같은 방식으로 대화를 시작한 남자는 없었다. 그는 현재 애리조나에서 단편 영화를 촬영하는 배우라고 자신을 소개했다. 그녀는 미심쩍은 마음에 다짜고짜 그에게 본인의 사진이 정말 맞는지부터 확인하려 들었다. 몇 시간 후, 그가 보낸 짧은 영상에는 매끄러운 발음으로 그녀의 이름을 부르는 P의 얼굴이 보였다. 흔들림 없는 중저음의 목소리와 썩 어울리는 그의 외모는 틴더에서 봤던 'JPEG' 이미지와 같았고, 의심할 여지 없이 현존하는 인물이라고 믿게 했다. 낯선 이의 음성으로 불린 자신의 이름이 그토록 낭만적으로 들린 적이 있었나 싶어서 몇 번이고 그 메시지의 재생 버튼을 눌렀다.

P에게 텍스트로 답을 보낼 수도 있었지만, 예의상 자신의 목소리도 들려주어야 할 것만 같았다. 하지만 문제는 P처럼 즉석에서 영어로 녹음할 자신은 없었다. 영문학과를 졸업했어도 그녀에게 스피킹은 늘 최대의 난제였던 터라 장장 한 시간에 걸쳐 메모장에 하고 싶은 말을 쓰고, 여러 번 읽는 연습까지 불사하며 첫 음성메시지를 전송했다. 그렇게 연락을 시작한 두 사람은 16시간이라는 시차를 사이에 두고 매일같이 서로의 일상을 조금씩

업데이트했다. 그녀가 출근할 시각에 그는 하루를 마무리하며 메시지를 보냈다. 그녀의 아침은 그의 밤이었고, 그의 아침은 그녀의 밤이었다. 그는 종종 야외 촬영 현장에서 생긴 재미난 이야기를 들려주었고, 애리조나의 광활한 사막을 담은 사진과 직접 촬영한 영상을 보내기도 했다. 그녀 역시 자신의 하루를 보여주려 했고, 느릿하지만 나긋한 목소리로 그가 궁금해하는 아시아의 여러 도시에 대해 말하기를 즐겼다. 50개가 넘는 음성메시지를 주고받으며 한 달이 흘렀고, 서로의 소식을 듣는 일이 일상이 되어가는 듯했다.

P는 애리조나에서의 촬영을 마친 후, 산호세의 본가로 가서 며칠 휴식을 취했다. 모처럼 여유를 찾은 주말에는 그녀가 편한 시간에 맞추어 전화를 걸기도 했다. 그곳에서 나고 자란 P는 캘리포니아의 따스한 기후가 그리웠다며, 미국에 한 번도 가본 적이 없는 그녀에게 한번 놀러 오라는 말도 잊지 않았다. 그리고 이제껏 연극배우로 활동한 워싱턴D.C.에서의 생활을 정리하고 LA로 떠날 거라는 계획도 전했다. 연극에 대한 애정은 여전한 듯했지만, 거대한 할리우드 스케일의 영화에 진출하겠다는 열망이 가득해 보였다. 그녀는 그의 얼굴을 스크린에서 곧 볼 수 있기를 바란다며 두 손 모아 응원했다.

P는 본가에서 비행기로 한 시간 거리의 LA를 오가며 일사천리로 이사 갈 집을 구했고, 오디션을 보러 다니느라 9월 마지막 주로 정해진 이사 일정에 무리가 갈 만큼 빠듯한 스케줄을 소화했다. 수면 부족으로 가끔 한숨을 쉬며 해석하기 어려운 말을 하기도 했다. 캐스팅 디렉터들이 연기보다는 자신의 인스타그램 팔로워 수에 더 관심을 보이는 것 같다고 투덜대는 날도 있었다. 하지만 홍보가 필수인 영화계 섭리를 받아들여야 한다며, 틈틈이 자신의 필모그래피와 인터뷰 기사들을 공유해 각종 소셜미디어 계정을 활성화했다. 마치 목표물만을 보고 내달리는 경주마 같았다. 몇 주 만에 그는 바란 대로 에이전시와 계약하게 되었으니 곧 매니저도 생길 거라며 흥분한 목소리로 그녀에게 연락했고, LA의 새집에서 보이는 선셋 대로SUNSET BOULEVARD의 야경을 하루빨리 보여주고 싶다고 했다.

수천 킬로미터 떨어져 있었지만 마치 그와 가깝다는 감정이 들었다. 언제부턴가 그녀의 컴퓨터 바탕화면은 그가 보내온 사진이었고, 그의 전화를 받기 위해 친구와의 약속을 미루는 일도 생겼다. 서점을 지날 때면 미국 서부 여행 책자를 들추어보기도 했다. 만날 기약도 없는 랜선 연애는 끝이 나기 마련이라는 것을 익히 들어 알고

있었지만, 절대 이루어질 수 없는 관계라고 단정 짓고 싶
지는 않았다.

예상보다 오래 지속한 P와의 연락으로 빚어진 감정
은 혼자만 감당하기에는 너무 커져 버렸고, 그녀는 터키
인 친구에게 전화를 걸어 그동안 있었던 P와의 스토리를
털어놓았다. 친구는 이참에 샌프란시스코에서 오랜만에
같이 시간을 보내고, 바로 옆 동네인 LA로 가서 P를 한
번 만나보라며 그녀를 부추겼다. 때마침 비수기인 10월
은 비교적 저렴한 항공권이 나돌았고, 고심 끝에 며칠 휴
가를 떠나 보기로 했다. 그녀의 미국행 소식을 들은 P는
해변으로 함께 드라이브 갔다가 할리우드 스타들이 자
주 출현하는 멋진 레스토랑에서 저녁도 먹자고 했다. 그
가 자극하는 상상은 꽤 달콤했고, 그녀도 할 수만 있다
면 갈등도 혼란도 없는 이 관계를 조금이라도 더 지속하
고 싶었다. 하지만 그녀는 막연하게 B급 로맨틱 영화에서
나 보던 허구적 만남을 기대한 것은 아니었다. 단지 그를
대면했을 때, 몸을 부딪치지도 않고 생겨버린 이 심리적
친밀감이 증폭할지 아니면 증발해 버릴지 알아내고 싶
었다. 물론 휴대폰 화면으로 봤던 이미지만큼 서로가 매력
적이지 않을 수 있다는 각오도 했다. 휴가는 일주일 앞으
로 성큼 다가왔고, 막상 낯선 곳으로 가려니 두렵다가도

아는 사람이 있다는 사실에 안도하며 짐을 챙겼다.


　닭장 같은 비행기 안에서 12시간을 버틴 후 도착한 샌프란시스코의 하늘은 현기증이 날 만큼 높고 눈부셨다. 휴대폰 통신사에서 보낸 웰컴 문자가 가장 먼저 그녀를 반겼다. 공항에서 곧장 친구네로 이동해 버드와이저를 마시며 밤늦도록 수다를 떨었고, 고객들에게 말로만 설명해왔던 관광 명소들을 찾아다니며 발자국을 남겼다. 태어나서 처음으로 랍스터 요리를 맛보았고, 평소 좋아하던 르네 마그리트RENÉ MAGRITTE의 낮과 밤이 공존하는 그림 앞에 혼자 넋 놓고 한참을 앉아있기도 했다. 일조량이 풍부한 탓인지 사람들의 걸음걸이는 가벼워 보였다. 언제나처럼 휴가는 물 흐르듯이 흘러갔고, 문득문득 연락이 더딘 P가 신경 쓰였지만 바쁜 거라 믿어 버렸다. 그러다 만나기로 약속한 하루 전, 며칠째 연락이 소홀하던 그의 인스타그램을 찾아 들어갔다. 당일 올라온 사진엔 영화 대본 리딩 현장에서 상대역으로 추정되는 아몬드처럼 큰 황갈색 눈을 가진 한 여자와 마주 보고 웃는 그가 보였다. 그 사진에는 천 개가 넘는 하트가 주렁주렁 달려 있었고, 자신에게만 보낸 줄 알았던 대부분의 사진은 만천하에 공개되어 있었다. 그가 멀리 있다는 사실이 처음으로 생생하게 느껴졌다. 자신의 존재는 소리 소문도 없이 공중분해 된 것만 같았다. 그녀는 가만히 앉아 있을 수가 없어 머릿속이 하얗게 될 때까지 밤길을 무작정 달렸다. 이성적으로 생각할 겨를조차 없었다. 그렇다고 친구 집에 앓아누울 수도 없었다. 게다가 P에게 언짢은 마음을 드러낼 마땅한 명분도 없었다. 그동안 주고받은 모든 말들이 너무도 초라해 보였다. 끝없는 생각으로 지쳐 잠든 다음 날 아침, 어제와 같은 햇살은 눈치도 없이 마냥 따사롭기만 했다. 친구는 계획대로 LA를 가보겠다는 그녀를 배웅하며 너만의 시간을 보내라고 다독였다.

여행 내내 신고 있던 검은 운동화가 갑갑하게 느껴질 만큼 한낮의 LA는 뜨거웠다. 스페인어로 '아름답다'라는 뜻을 가진 허모사 비치HERMOSA BEACH 근처의 작은 숙소에서 짐을 풀었다. 처음부터 이름이 마음에 들기도 했지만, 무엇보다 도심과 가까운 해변보다는 비교적 조용하여 혼자 돌아다니기에 적합한 곳이었다. 해변에서 가까운 기념품 가게에 들러 황금색 조리를 하나 사 신고, 가게 점원에게 추천받은 식당에서 피자로 배를 채웠다. 사람들은 나른해 보였고, 그녀는 예상대로 한적한 바닷가를 거닐었다. 만약 바다에도 감정이 있다면, 매일같이 셀 수 없이 많은 사람의 관심을 받는 기분은 어떨지 문득 궁금했다. 그녀는 보란 듯이 빛을 내뿜는 바다를 쳐다보는 것 말고는 할 수 있는 게 없었다. 그러다 P를 떠올렸다. 두 사람이 만나기로 한 시각은 한참이나 지나가 버렸고, 그녀는 휴대폰을 꺼내 비행기 모드를 켜버렸다.

발목이 지끈거릴 만큼 걷던 그녀는 모래 위에 앉아 그림을 그리는 한 여자를 발견했다. 그 옆에 조심스레 발걸음을 멈췄다. 여자는 작은 캔버스 위에 물감으로 하늘과 수평선의 경계를 만들고 있었다. 그림에 열중하는 모습은 햇볕을 만난 물비늘보다 더 환하게 반짝였다. 그녀는 왠지 말을 걸어보고 싶어 먼저 인사를 했다. 여자는 무슨 이유로 이곳에 오게 되었는지 그녀에게 물었다. 만나기로 한 사람에게 아무 소식도 듣지 못한 채 내일 떠나게 된 사정을 들려주었다. 그 여자는 이유가 있지 않았겠냐고 하더니 어깨를 으쓱 추어올리는 그녀를 못 본채 말을 이었다. 아니, 어쩌면 아무런 이유가 없을 수도 있다고, 그냥 그런 사람일 지도 모른다고 했다. 대수롭지 않은 듯 말하는 그 여자의 목소리는 그녀의 무거운 가슴에 숨구멍을 터주었다. 유령처럼 마음속을 떠돌던 감정들이 힘없이 빠져나가는 느낌이었다.

노을은 눈을 부릅떴고, 사람들은 하나둘씩 바다를 등지고 걸어 나왔다. 마르지 않은 그림을 눕혀두고 자리를 정리하던 그 여자에게 이곳에 다시 와서 작품을 완성할 것이냐고 물었다. 그는 미소를 지어 보이며 내일이면 또 달라질 바다라서 오늘 그린 만큼만 만족해야 한다고 답했다. 두 사람은 서로의 행운을 빌며 가벼운 인사를 나누고 뒤돌아섰다. 숙소로 돌아간 그녀는 뜨거운 물에 욱신거리는 두 발을 씻어냈고, 이른 아침 비행을 위해서 억지로 잠을 청했다.

몇 시간 후 어스름한 새벽, 떠날 채비를 마친 그녀는 숙소 옆에 보이는 부두를 잠시 가보기로 했다. 걷다 보니 해중을 관통해 뻗은 부두의 끝에 이르렀다. 그곳에서는 지친 달을 마중 나온 해가 보였다. 어제와 달리 바닷바람은 제법 세차게 불었고, 그녀는 호주머니 속의 휴대폰을 놓칠세라 손으로 꽉 쥐었다. 간밤에 P에게 음성메시지를 하나 받았지만, 그녀는 듣지 않기로 했다. 그가 어떠한 변명을 한다 해도 먼 길을 찾아온 그녀를 외면하기로 한 건 그의 선택이었다. 그녀는 휴대폰을 꺼내 들고 그와의 대화창을 열었다. 최상의 모습을 보이려 애쓴 이미지들과 다듬어진 문장들이 가지런히 잠들어 있었다. 아릿하고 낯선 기분이 들었다. 그 대화 속에 자신은 더는 존재하지 않는 것 같았다. 두 사람 사이에 일어난 시나리오에는 주인공도 관객도 없었다. 그 속에서 이만 빠져나와야만 했다. 그녀는 대화창을 삭제했다. 그와 나눈 모든 말을 바닷속으로 던져버리는 상상을 하며 부두를 걸어 나와 공항으로 가는 첫차에 올라탔다.

모든 짐을 수하물로 부치고 홀가분히 탑승구 앞 회색 의자에 앉았다. 서늘한 에어컨 바람을 맞으며 휴대폰으로 몇 장 찍어둔 어제의 바다를 들여다보았다. 그중 한 장을 골라 메신저의 프로필 사진으로 변경했다. 깊이를 알 수 없는 그 망망대해가 앙증맞은 원안에 쏙 들어갔다. 이윽고 거짓말처럼 P에게 전화가 왔다. 통화가 시작되자마자 그는 일이 바빴다며 미안하다는 주관적인 변명을 늘어놓았다. 그녀는 그의 말을 가로막으며 사무적으로 답했다.

"Sorry, I don't think I know you."
"미안하지만, 누구신지 모르겠네요."

# 관계의 요령을 얻는 법

**K** 25

무용수

사람 잘 믿는 게 언제부터 고쳐야 할 버릇이 되어 버린 건지 모르겠어. 못 고치면 영원히 내 기분 따윈 아무도 신경 써주지 않는 피해자 신세일 것 같고.

[ 2019/ 08/ 14 19:27 통화 시작 ]

A  K가 나 보러 온대.

B  K? 그 프랑스인 댄서? 계속 연락했구나.

A  못 본 지 3년은 되었어. 인스타그램으로 생사를 확인
   하고 지냈지. 음악도 직접 만든다고 들어보라면서 어
   쩌다 한 번씩 파일도 보내주고, 통화도 하고… 아무
   래도 공연하고, 대회도 나가고 그러니까 자기 PR용으
   로 열심히 쓰더라.

B  그래서 언제 온대?

A  2주 후에. 일주일 정도 같이 있을 거야.

B  얼마 안남았네? 설레겠다. 공연장에서 처음 만났다
   고 했었나?

A  음… 아니, 틴더! 그때도 걔는 공연 홍보하려고 가입
   했던 거 같아.

B  아, 진짜? 걔도 틴더 했었구나.

A 응, 난 그때 에딘버러EDINBURGH 국제 축제 기간이라 친구랑 같이 놀러 갔을 때고, K는 공연하러 에딘버러로 온 거였지. 서로 낯선 도시에서 매칭된 것만으로도 신기했는데, 얼굴까지 본 순간은 진짜 잊을 수가 없어. 나만 공연 내내 K를 뚫어져라 쳐다보니까 내가 무슨 스토커 같기도 했고. 그 스페인 영화 제목이 뭐였더라…? 주인공 남자가 맞은편 건물에서 발레 연습실 몰래 훔쳐보던….

B 아, <그녀에게TALK TO HER>!? 우리 그 영화 이야기 한 적 있지?

A 맞아! 엔딩 가지고 한참 떠들었는데… 아직 난 그 남자가 발레리나를 임신시킨 게 아니라고 믿고 있어.

B 진실은 아무도 모를 걸? 그나저나 K 공연은 실제로 보니 어땠어? 현대 무용이었지?

A 응! 무대 위에서 딱 나오는데 한 눈에 알아보겠더라. 흑백 혼혈 특유의 그 진한 갈색 피부가… 무슨 벨벳 같아 보였어. 몸의 선은 굵은데 동작은 빠르고 섬세하니까 입이 다물어지지 않더라. 긴 곱슬머리를 파인애플 잎처럼 위로 바짝 끌어 올려 묶은 스타일도 난 태어나서 처음 봤어. 거기다 하반신 굴곡이 다 드러난 숏팬츠만 입고 관절을 두 배로 가진 사람처럼 춤을 추니까… 무대가 테스토스테론으로 다 젖은 거지.

내 앞 좌석에 앉은 여자는 공연 내내 티켓으로 얼굴을 부채질하더라고, 하하.

B 장난 아니었나 보다…. 그러고 공연 끝나고 만난 거야?

A 응, 팬클럽 회원인 마냥 공연장 앞에서 기다렸지. 틴더에서 나만 초대받았겠나 싶은 생각에 그냥 바로 가려다가 가까이서 한번 보고 싶어서…. 근데 무대에서는 맹수 같아 보였는데, 아디다스 운동복에 백팩 멘 거 보니까 딱 스물다섯 남자로 보였어. 공연 잘 봤다며 인사하니까 와줘서 고맙다고 안아주더라고. 얼떨결에 기분 좋게 기념사진도 같이 찍고 할 건 다 했지. 근데 다들 집에 가는 분위기이길래 내가 같이 한잔하자고 용기 내서 말했더니 바로 오케이 하더라? 정말 계획에도 없이 다 같이 펍에 가게 된 거야. 태어나서 처음으로 댄서들이랑 술을 마신다는 생각에 흥분됐었어.

B 뭔가 댄서들은 에너지가 다르지 않아? 그래서 어떻게 되었어?

A 맞아, 확실히 달라. 다음날 또 공연이지만 한 잔 정도는 괜찮다면서 막 웃더라고. 무튼 우연히 들어간 펍에서 건배하고 있는데 라이브로 라틴 음악이 나오니까 사람들이 막 일어나서 춤을 추는 거야! 페스티벌

기간이라서 그런지 다들 반쯤 나사가 풀려서…. 나도 그날 분위기에 취했는지 대학교 때 한 달 배워둔 살사 스텝이 용케 기억 나는 거 있지? 감히 댄서들 앞에서 춤을 춘 거지 내가… 잇몸이 다 드러나게 웃으면서 파트너도 없이 춤추는 내가 볼 만했을 거야. 암튼 다들 공연 끝나고 피곤하지도 않은지 같이 막 흔들었어. 다시는 없을 밤이었어.

B  영화 찍었네. 대단하다 너도…. 무용 안 하는 사람이 봐도 신선한 충격이었을 거야.

A  하하, 그때 진짜 논문 제출하고 모처럼 고삐 풀린 망아지처럼 놀고 싶었어. 헤도니스트 **HEDONIST**가 뭐 별거겠냐고. 남자랑 손잡고 빙글빙글 춤을 추는데 그렇게 신나더라. 펍이 문 닫을 때까지 격렬하게 흔들고 밖에 나오니 땀이 확 식으면서 으슬으슬 춥더라구. 8월 말이었는데도 역시 영국 날씨라 그런지… 그걸 본 K가 근처에 자기 숙소로 가겠냐고 묻는 거야! 두 번 생각하고 싶지도 않았어.

B  하하, 단둘만?

A  아니, 내 친구랑 K의 동료 댄서들이랑 또 다 같이 숙소로 갔어. 지금 생각하면 미친 짓 같지만, 같이 무대에 섰던 K의 친누나도 옆에 있었고…. 그 당시엔 의심이나 불안함이 들어설 틈은 없었던 거 같아. 그래

서 야밤에 그 친구들 숙소로 갔더니, 걔네 공연팀 매니저가 발코니에서 혼자 담배를 태우면서 한잔하고 계셨어. 우리를 보자마자 허스키한 목소리로 배고프지 않냐며 저녁에 먹고 남은 쇠고기 스튜를 데워주셨는데… 그 맛을 잊을 수가 없다. 그때 내 친구랑 "야, 새벽 네 시에 여기서 프랑스 요리를 먹어볼 거라고 상상이나 해봤냐"라며 몰래 키득거렸었어. 하하.

B 새벽의 스튜라니, 말만 들어도 좋다! 그리고 어떻게 되었어? 거기서 밤을 새운 거야?

A 밤을… 샜지. 부엌에서 다들 한참 수다도 떨었고, 배도 부르니까 친구는 노곤하다며 택시 부르겠다고 하고…. 다들 자러 들어가니까 K가 나보고 "여기 더 있을래, 친구 따라갈래?"라며 선택하라고 내 눈을 응시하며 또박또박 묻더라. 내가 조금 망설이는 게 표정에 드러났는지, "네가 원하는 선택을 해."라고 덧붙이는데 그때 남자로 딱 보였던 거 같아. 그러고 자연스레 K랑 손잡고서 내 친구 택시 태워 보내고… 하하. 우린 숙소로 돌아와서는 까치발 들고 K방으로 같이 올라갔지. 근데 그 다음이 기억이 잘 안 나네.

B 뭐야, 너….

A 하하, 일반적이지 않았던 건 확실해…. 내가 과음을 하긴 했어도 아이처럼 잘 웃던 K가 말 한마디 없이 진

지해 지는 게 낯설었던 기억나. 물론 단체 숙소라 조용해야만 했고, 아무래도 마음이 탁 놓이지 않으니 썩 로맨틱한 밤은 아니었어. 몇 시간 후에 나는 또 일정이 있어서 첫차를 타러 나섰고, 그냥 우린 거기서 끝인 줄 알았어.

B   그래도 연락 올 줄 알고 있었지?

A   내심 그랬지. 그때 제대로 인사 못 하고 보냈다고 미안해했어. 유럽 투어 일정 때문에 연애는 불가능한 상황이었지만, 시간 맞춰 다시 얼굴 꼭 보자고 그랬어. 나보다 어린 데다가 영어가 모국어가 아닌데도 감정과 생각을 또박또박 전달하는데 좀 놀랐었어. 난 그렇게 못할 것 같았거든, 아직도 감정을 말할 때는 내가 무슨 외계인이 된 것만 같은데.

B   어렵지…. 보통은 귀찮다고 그냥 잠수 탈 텐데. 뭐든 그렇게 정확하게 하려는 사람이 있긴 하더라. 나이보단 성격 탓인 거 같지 않아? 근데 그러고 너 진짜 파리 가서 K 만났잖아?

A   응. 만난 지 꼭 일 년 되던 해에. 졸업이랑 취업 준비 같이 하느라 번아웃 직전까지 갔을 때… 너도 기억나지? 계속 안부 주고받고 지내서 그런지 나도 K랑 다시 만나면 어떨지 궁금했어. 무엇보다 파리를 처음 가는데 데리러 나온다니 거절할 이유가 없었고. 근데

파리인데 로마<sup>ROME</sup>라는 지하철역 근처에 살더라? 하하.

B  아, 거기 물랑루즈 근처지? 나도 거기 여행할 때 지나 갔었는데, 하하. 넌 거기에 얼마나 있었어? 제법 오래 같이 있었다고 했나?

A  한 일주일 정도? 우리 같은 사이엔 일주일이면 '오래' 라고 할 수 있긴 하지. 그마저도 K의 공연 리허설 일 정이 갑자기 당겨져서, 마지막 며칠은 나 혼자 지내 다가 돌아왔어. 근데 말이야… 막상 만나면 드라마틱 할 것 같았다?! 역 앞에서 내 이름 부르면서 안아주 는데, 며칠 전에 봤던 것처럼 아무렇지도 않더라? 근 데 또 잠을 잘 때는 뭔가 시간이 다르게 흐르는 것만 같았고…. 물속에 있는 느낌이라고 하나? 침대도 내 가 아는 물성을 가진 침대가 아니라… 서로 밀착하는 순간엔, 무중력 상태에서 춤을 추고 있는 건가 싶었 고…. 살사 같이 숨 가쁜 리듬은 아닌데, 뭔가 엄숙한 탱고 같다가도, 또 온 바닥을 헤엄치는 행위 예술 같 기도 한… 아 모르겠다…. 그 전형적인 피스톤 운동도 없었다면…, 상상이 가…?

B  상상이 안 간다. 난 이해력이 부족해서 시청각 자료 가 필요해.

A  하하하, 그건 내가 더 필요해…. 그래도 집이라는 개

인적인 공간에서 며칠을 줄곧 붙어있어 보니 제법 가까워 지더라. 같이 마켓에서 장도 보고, 공원에서 손잡고 걷고, 코인 빨래방에도 가고, K의 친구들이랑 술도 한잔하고….

B  신혼부부였네 완전. 오랜만에 보니 또 설레겠다. 공항에 데리러 갈 거야?

A  가야지. 비행기 타고 온다는데. 설렌다. 네 말대로…. 처음 보는 것도 아닌데. 그나저나 나 이제 운동하러 가야겠다. 오랜만에 보는데 실망은 안 시켜야지…. 벼락치기로라도 몸 좀 만들어 보려고. 또 밤새 춤추러 갈지 모르기도 하고, 하하.

B  하하, 알았어. 꼭 업데이트해 줘. 수고해라!

A  응! 연락할게.

**A** K 못 온대. 아니지, 안 오는 거지.

**B** 뭐? 왜?!

**A** 도착하기 며칠 전인데도 너무 말이 없길래 여기 오면 특별히 꼭 가고 싶은 곳 있는지 좀 알아봤냐고 메시지 보냈더니, 뜬금없이 갑자기 누구랑 사귀게 되었다는 거야!

**B** … What the fuck?! 갑자기 뭔 소리래?

**A** 만나는 사람이 있었는데 자기가 나를 보러 가버리면 관계가 복잡해질 것 같았다나…?! 그걸 음성 메시지로 대여섯 개씩 연이어 보내며 해명하는데… 어휴.

**B** 그 여자가 펄쩍 뛰었나?

**A** 그랬겠지. 여기에 공연하러 오는 것도 아니고, 여자 만나러 비행기를 탄다는 걸 알았다면 뭐….

**B** 노선정리를 잘하지…. 이렇게 직전에 말하는 거 너무 별로다. 먼저 이실직고한 것도 아니고 말이야. 그래서 너는 뭐라고 했어?

**A** 거두절미하고 "You're fucked up<sup>너 완전 엉망진창이네</sup>."라고 했어.

**B** 그랬더니?

**A** 그게 무슨 뜻이냐며, 기분이 지금 어떻냐고 묻더라?!

전화해서 미안하다고 말을 해야 하는 거 아니니? 이 상황에 내 기분은 왜 궁금해하는 걸까? 그렇게 내 기분이 신경 쓰이면 애초에 그러질 말지. 잘못은 했고, 나쁜 남자 되고 싶지 않은 심보라고 밖에 해석이 안 돼.

B   그러게…. 근데 나쁜 사람이라서 갑자기 마음을 바꾼 거라 생각은 하지 말자. 나도 비슷한 일 겪어봐서 어떤 기분일지 조금 짐작이 가는데… 자주 볼 수 없었던 사이니까 어쩔 수 없는 이런 일이 벌어진 거 같아.

A   그래…. 역시 근접성은 무시 못 하겠지…? 하긴 나도 한때 틴더에 반경 5km 내로만 찾았었거든… 근데 말이야…. 좀 슬프네. K를 빼앗긴 기분이라거나, 갑작스러운 변심에 언짢다기보다, 상대방의 말을 쉽게 믿지 말아야 할 이유만 하나 또 추가된 것 같아 슬프다. 습관성인지, 어디서 예의라고 배운 건지, 예전에는 누가 날 보러 온다고 하면 무조건 좋아했었어. 그런데 시간이 지나서 그게 빈말이었다는 걸 알고 나니까… 그 후로는 또 누가 같은 말을 하면, 마음속으로 '정확한 날짜를 말하든지'라고 중얼대며 냉소적으로 변해가더라. 그렇게 크게 일희일비하지 않는 게 잘살고 있는 거라 믿었는데…. 이번에 K는 비행기 티켓을 스크린샷까지 찍어 보냈었거든?! 그래서 이건 진짜다

싶어서 마냥 좋았는데…. 무방비상태로 한 대 맞은 기분이기도 해…. 이젠 뭐 '출발해야 오는 거지!'라고 마음을 완전히 비우는 경지에 올라야 하나? Shit….

B  무슨 말인지 알 것 같다. 나도 상대방이 하는 말 그대로를 믿고 싶을 때가 많아. 그런데 사람 잘 믿는 게 언제부터 고쳐야 할 버릇이 되어 버린 건지 모르겠어. 못 고치면 영원히 내 기분 따윈 아무도 신경 써주지 않는 피해자 신세일 것 같고. 이러다 상처 안 받을 요령만 찾아 헤매다 늙어 죽을까봐 가끔 겁이 날 정도야. 하하.

A  내 말이…. 야… 그래도 마음껏 믿어도 되는 사람 한 번은 만나지 않겠냐…. 그런 사람을 한눈에 알아볼 때까지 우리는 계속 실험해가며 초능력을 연마해봐야지, 뭐 별수 있니 우리가? 난 이번에 또 실패했으니, 다음엔 좀 더 나은 꼴로 실패할 거라 믿어버릴란다…. 하하하. 야, 오랜만에 같이 한잔할까? 너 지금 혼자 맥주 깠지?

B  Oh, Fuck Yes! 그래! 나야 뭐 가진 것도, 믿는 것도 친구랑 시간뿐이야, 알아? 너 알고 있지? 하하하.

A  알지. 야, 나 그냥 모자만 쓰고 출발한다, 지금. 택시 타고 톡 할게!

Chapter 4
# 모순, 변덕스러움, 사랑

## 사랑의 온도

사진작가가 되고 싶었던 프로그래머 | R 37세

## Match and Touch

소설가가 되고 싶었던 변호사 | L 29세

## 마일리지가 곧 소멸됩니다

마케터 | U 33세

# 사랑의 온도

**R** 37

사진작가가 되고 싶었던 프로그래머

그녀는 자신의 부족한 매력을 탓하는 정체된
생활에서 이만 벗어나야 한다고 다짐했다.

2016년 10월 3일 월요일 10시, 오후 5시라고 해도 믿을 만큼 어두침침한 베를린의 아침. 그녀는 가방에서 어눌한 독일어로 미리 사둔 아스피린 한 통을 찾았다. 원조 아스피린을 대량생산한 독일제품이라면 두통과 월경통을 한 번에 증발시키리라 믿으며 한 알을 삼켰다. 그녀는 공산주의 시대의 산물로 알려진 Funkhaus<sup>동베를린 라디오 방송국</sup>에서 열린 대규모의 음악 축제에서 밤낮없이 술에 취해 주말을 보낸 탓으로 입안까지 헐어있었다. 두 다리마저도 젖은 휴짓조각처럼 무거웠지만, 독일 남자 R과의 첫 데이트를 한 시간 앞두고 취소해 버릴 수는 없는 노릇이었다.

두 사람이 만나기로 한 10월 3일은 독일 통일을 기념하는 공휴일이라 미술관과 대부분의 상점이 문을 닫았다. 그녀는 이 정보를 틴더에서 알게 된 R을 통해 미리 알고 있었다. 영국의 소도시에 사는 그녀는 독일로 여행을 계획하면서 결제한 유료 서비스를 통해 베를린에 사는 R의 프로필을 볼 수 있었다. 주로 예술 서적 번역 일을 하는 그녀는 사진을 전공했다고 소개한 R과 운좋게 매칭되었고, 마침 그녀가 묵을 숙소에서 멀지 않던 R의 작업실은 첫 만남의 장소로 적격이었다. 사실 그녀에게는 이성을 만난다는 단순한 설렘보다 베를린에 사는 예술가의 사적인 공간을 들여다보고 싶은 마음이 더 컸다.

여느 대도시에 사는 남자들과는 사뭇 다른 여유와 분위기를 가진 R의 작업실은 컴퓨터 한 대와 새것으로 보이는 두 개의 새하얀 책상, 흰 콘크리트 벽면에 기대어진 빈 액자 하나가 전부였다. 텅 빈 병실을 연상케 하는 공간에서 그녀는 무슨 이야기를 해야 할지 몰라 머릿속이 정전된 듯했다. 지나치다 싶을 정도로 마르고 껑충한 키에 삭발 머리를 한 R은 멋쩍은 듯 웃으며 자신의 사진 작업이 실린 도록을 그녀에게 건넸다. 조심스레 페이지를 넘기다 R이 소피라는 여자와 10여 년간 함께 작업 활동을 했었다는 사실을 어렵지 않게 알게 되었다. 이유 모를 갈등으로 이별한 후 R은 2년 넘게 작업에서 손을 놓은 상태였고, 아버지의 설득으로 배워둔 웹 개발 기술을 써 먹으며 생계를 유지하고 있었다. 첫 만남에 너무 많은 정보를 알게 된 것이 아닌가 했지만, R이 초연한 태도로 들려주는 이야기에 그녀는 자신도 모르게 빠져들었다.

소피라는 이름에 얽힌 사연이 그녀에게도 하나 있었다. 스미스만큼이나 흔한 이름이긴 하지만, 결혼까지 생각했던 과거의 남자가 그녀가 여행 간 사이 한눈을 팔았던 사람의 이름과 하필이면 똑같았던 것이다. 그녀는 R에게 마치 답례로 고해성사라도 하듯, 꼭꼭 감추려 했던 자신의 이야기도 꺼내놓았다. 지나간 사랑의 실패담으로 미묘하게 가까워진 두 사람은 각자의 삶으로 돌아가기 전에 늦은 점심이라도 함께하기로 하고 거리로 나섰다. 한적한 일식집에서 별말 없이 허기를 달랜 후, 그녀는 숙소로 돌아가 낮잠을 청하기로 했고, R은 클라이언트와의 미팅 장소로 이동해야 했다. 발목까지 내려오는 트렌치코트를 여미던 손으로 악수를 청하는 그녀에게 R은 저녁에 다시 만나서 맥주를 같이 마시겠냐고 나지막이 물었다. 밤새 같이 있고 싶다는 고백으로 속단해도 될 만큼의 악력으로 그녀의 차가운 손을 잡았다. 대답에 따라 그날 밤이 완전히 바뀔 수도 있다는 것을 직감한 그녀는 알겠다는 말을 남기고 뒤돌아섰다. 아무것도 숨기지 않는 듯한 표정으로 조곤조곤 말하던 R의 얼굴을 떠올리다 보니 저절로 입가에 미소가 번졌다.

두 사람이 만나기로 한 펍은 휴일 밤을 즐기는 사람들로 북적였다. R은 그녀가 번역 중인 책에 관해 물었고, 브렉시트에 대한 그녀의 생각을 궁금해했다. 낮에 작업실에서 나눈 이야기들은 일부러 꺼내지 않으려는 듯했다. 자정 즈음 펍에서 나온 두 사람은 습기를 머금은 낙엽을 밟다가 자연스레 손을 잡았다. 그녀는 관성에 의해서인지 잡은 손을 놓지 않고서 함께 R의 집으로 가길 원했다. 구애라는 최소한의 노력도 불필요해 보이는 두 사람은 어차피 내일이면 작별해야 할 사이였다.

그녀는 R이 먼저 씻고 나간 욕실의 뿌연 거울을 바라보고 섰다. 자신이 월경 중이라는 사실을 펍에서부터 알고 있던 R이 어떤 마음으로 침대에서 기다릴지 헤아릴 수 없었다. 그녀는 꽉 끼는 검은색 속옷을 입은 채로 R의 이불 속으로 들어갔다. 침실의 스탠드를 끄려고 손을 뻗는 그녀를 끌어안은 R은 자신의 입술을 그녀의 둥근 어깨 위에 올렸다. 깊숙이 삽입된 그녀의 탐폰은 천천히 팽창했다. 그 자리에 부드럽게 들어맞을 R의 중심부는 그녀의 체온을 감지하자마자 재채기보다 빠른 속도로 강직해졌다. 헐거워진 그녀의 브래지어를 바라보던 R의 그곳이 원격 조종된 듯 마구 움직였다. 그녀는 눈빛으로 흔들림 없는 무선 신호를 보내며 한 손으로 R의 신경 케이블을 건드렸다. 입력한 신호를 여과 없이 받아들인 그곳의 정상에서 전령傳令물질이 한 방울 흘러내렸다.

그녀는 발에 치이던 이불을 과열된 침대 아래로 떨어뜨렸다. R은 두 무릎을 꿇고 앉아 그녀의 신호를 정면으로 받아내려는 듯 눈을 맞추었다. 그리고 자신의 손으로 그곳을 정성스레 움켜잡고서 자극의 강도와 속도를 기계처럼 정교하게 높여갔다. R은 그녀가 얼마나 아름다운지 알아야 한다는 문장을 반복해서 읊조렸다. 어느 순간 R의 등줄기가 쭈뼛해지더니 탄성과 함께 몸 전체가 흔들렸다. 그 떨림은 어느 근육 하나 소외되지 않고 전달된 듯 보였다. 얼핏 고문받는 죄수를 연상케 하는 그의 표정에 당황했지만, 이윽고 R의 손바닥 위로 불투명한 물질이 고스란히 쏟아져 내렸다. 그는 하얗고 긴 목을 뒤로 젖히며 기도하듯 살며시 눈을 감았다. 그녀는 삽입 없이도 충분해 보이는 쾌감을 마주하니 묘한 성취감마저 들었다. 소피와 떠나버린 과거의 그 남자에게 해명조차 듣지 못하고 버림받은 기억도 불쑥 솟아올랐다. 그녀는 자신의 부족한 매력을 탓하는 정체된 생활에서 이만 벗어나야 한다고 다짐했다.

*

그녀는 영국으로 돌아가서도 R과의 하룻밤 때문인지 베를린에서의 기억을 쉽게 떨치지 못했다. R도 그녀를 잃고 싶지 않은 듯, 한 달 동안 매일같이 연락했다. 생각에도 없던 장거리 연애를 시작한 것이었다. 그러던 어느 날, R이 겨울에 중국으로 한 달간 여행을 떠난다는 말에, 그녀는 R의 얼굴을 한 번은 더 봐야겠다는 생각에 휩싸여 베를린 행 티켓을 끊었다. R은 자신과 일주일을 보낼 계획으로 나타난 그녀를 바스러질 듯 꽉 안아주었다. 두 사람은 보통의 시작하는 연인들처럼 실없이 웃고, 다정한 말을 던지며 서로를 향한 마음의 깊이를 더듬어 내었다. 그녀는 전속력으로 R의 공간에 스며들어 갔다. 부엌은 그녀가 고른 새 향신료들로 화려해졌고, 침실은 함께 고른 싱그러운 식물들로 반짝였고, 옷장 서랍엔 그녀의 향기가 가득히 감돌았다. 가끔 R은 자신의 책상에 나란히 앉아 책을 읽는 그녀의 모습이 신기한 듯 시선을 떼지 못했다.

둘 사이 주어진 일주일을 하루 남기고, 앞으로 어떻게 관계를 다루어야 할지 모르던 그녀에게 R은 자신의 집 열쇠를 건네며 원하는 만큼 머물다 가라고 말했다. 요리를 좋아하는 그녀를 위해 미리 사다 놓았다며 한 달을 먹고도 남을 양의 감자와 양파 묶음을 가리켰고, 비상 연락망으로 자신의 동네 친구들 연락처를 적어둔 수첩을 한 장 찢어주면서 그녀가 작업 중인 원고를 자신의 집에서 불편 없이 마감하기를 바란다고 덧붙였다. 그녀는 그

순간 R이 보여준 관대함과 섬세함을 묶어 '사랑'이라고
이름 붙이기로 했다.

*

그녀는 R이 없는 공간에서 일하거나 마트에 가고 종
종 산책을 즐기는 시간으로만 채워진 단조로운 4주를
보냈다. 폴 오스터<sup>PAUL AUSTER</sup>의 소설 『유리의 도시<sup>CITY OF</sup>
<sup>GLASS</sup>』 속 주인공처럼 대도시에서 철저하게 익명으로 살
아가는 허구의 인물이 된 듯한 일상을 즐겼다. 그동안 R
은 중국에서 수년 전 교환 학생으로 지냈던 도시를 방문
해 옛 교수님과 회포를 풀었고, 여러 유적지와 산을 오르
며 오랜만에 사진을 찍어본다고 소식을 전해왔다. 그러
는 사이 베를린은 어느새 거리마다 크리스마스 장식으로
붉게 물들었다. 그녀는 R이 돌아올 때까지 영국으로 돌
아가지 않았다.

*

그녀가 명명했던 사랑은 흔들리며 더 선명해졌다가,
희미해지기를 반복하며 베를린에서의 첫 겨울을 났다.
두 사람의 동거는 부모님과 친구들의 축하 속에서 공식

화되었고, 아무도 둘의 미래를 애써 점치려 들지는 않았다. 서로에게 최대한의 시간을 내어주며 넉 달이 흘렀다. 둘 사이의 밀도는 걷잡을 수 없이 높아져만 갔고, 미처 몰랐던 서로의 정보에 대량으로 노출되었다.

R은 음식을 그녀보다 빨리 먹었고, 그녀가 마지못해 말없이 속도를 내어 접시를 비우는 저녁이 잦아졌다. R은 얼어붙은 출근길을 나설 필요 없는 그녀의 직업을 부러워했지만, 그녀는 업무 스트레스를 공감해 줄 동료가 있는 그의 회사 생활을 가끔 동경했다. 또한, R은 사용한 물건은 제자리에 정렬하는 습관을 지녔지만, 그녀는 자주 쓰는 물건은 모두 손 닿는 거리에 진열해야만 일에 몰입하는 사람이었다. 서로의 다름을 받아들이다가도 이해가 필요하다며 열을 내고 서로를 다그치는 날에는, 노력하겠다는 말로 급히 관계를 냉각하곤 했다. 이해와 노력을 체화하기에는 함께한 시간이 부족했고, 두 사람의 에너지와 기억력에는 한계가 있었다. 그녀는 가장 가까운 사람이 가장 괴롭게 만든다는 엄마의 말을 되뇌다 끊었던 담배에 가끔 손을 대기도 했다.

3월의 베를린 공기는 여전히 코끝을 시리게 했지만, 한낮의 햇살은 완연한 봄을 알렸다. R이 가보지도 못한 브라질의 신축 리조트를 홍보하는 웹사이트와 씨름하는 동안, 그녀는 런던을 두어 번 오가며 대학원에 면접을 보러 다녔고, 예상보다 빠르게 진행된 입학 절차에 마음이 들떴다. R은 그녀의 오래된 꿈을 존중할 수밖에 없었고, 점점 불안이 익숙해 보이는 얼굴로 변해만 갔다. 시간은 속수무책으로 흘렀고, 그녀는 혼자일 때마다 R의 공간에 엉겨 붙어있던 자신의 짐을 조금씩 처분했다. 퇴근후 한결같이 입을 맞추고 저녁을 함께했지만, 밤늦게 친구와 술을 마시러 나가버리는 R의 마음을 안타까워하는 날이 늘었다. 그녀는 R을 위해 둘이서는 처음이자 마지막일 수도 있을 여행을 제안했고, 그가 오래전부터 가고 싶어 한 시칠리아의 활화산을 같이 보러 가자고 했다. 내심 R과의 예견된 작별이라는 부담감에서 잠시라도 해방될 수 있다면 화산보다 더한 곳이라도 갈 수 있을 것만 같았다.

헤어짐의 시간이 2주 앞으로 다가온 두 사람은 시칠리아의 섬으로 떠났다. 공교롭게도 도착하기 며칠 전 세계에서 가장 활발하다는 성층화산인 시칠리아의 에트나 ETNA에서 분출한 용암에 관광객이 10명 정도 다치는 일이 있었다. 하지만 공항이 열려만 있다면 위험 따위는 운명에 맡겨버리고 여행을 강행하려 했다. 신기하게도 도착한 다음 날부터 4월의 봄비가 내린 덕분에 용암의 파편들은 빠르게 식어갔지만, 등반이 허가되지는 않았다. 그대로 포기할 수 없던 두 사람은 에올리에EOLIE라는 7개의 화산 섬군群 이야기를 숙소 주인에게 듣고, 그중에서도 활화산이 있다는 스트롬볼리STROMBOLI 섬으로 방향을 틀기로 했다. 하루가 꼬박 걸리더라도 R과 함께 다시는 못 볼지도 모르는 극적인 순간을 가지고 싶었다. 두 사람의 불확실한 미래에 비하면 화산은 그나마 확실하고 가까운 미래였다.

아침부터 기차를 두 번 갈아타고 선착장으로 데려다줄 마지막 버스를 타기 위해 걷고 또 걸었다. 그녀는 지친 얼굴로 굴러가는 여행용 가방의 바퀴만을 쳐다보다가, 겨우 올라탄 버스 좌석에 앉자 이내 곯아떨어졌다. 굽이진 언덕을 한참 내려왔을 때 즈음 R은 자느라 한쪽으로 꺾여있던 그녀의 목덜미를 조심스레 지압하며 깨웠다. 함께 바라보던 버스 창 밖에는 눈이 시릴 만큼 청명한 색의 지중해가 펼쳐졌다. 얼마 지나지 않아 에올리에로 넘어가는 항구가 보였지만, 마른하늘에서 갑자기 폭우에 가까운 봄비가 쏟아졌다. 그녀는 어쩐지 억울한 마음이 들었다. 하늘거리는 원피스에 챙이 넓은 모자를 쓰지는 못하더라도, 뻣뻣한 비옷으로 머리부터 발목까지 진공 포장을 해야 할 줄은 몰랐다. 버스에서 내리자마자 종종걸음으로 도착한 항구에는 배들이 좌우로 힘없이 흔들리고 있었다. 그녀는 막막하고 불안해졌다. 영화 대부에서 보았던 햇빛 찬란한 수천 년 역사의 풍경들은 온데간데없이 비 뒤에 숨은 듯했다. 남은 여행을 이렇게 아쉬움으로 보내게 될까 봐 그녀는 휴대폰으로 날씨를 찾아보았지만, 인터넷도 마음대로 되지 않았다. 화산 한 번 보겠다고 먼 길을 떠나온 두 사람은 서로 젖은 신발을 걱정하며 선착장 대합실의 차가운 플라스틱 의자에 마주 앉았다.

마땅히 돌아갈 곳이 없는 두 사람은 연착된 배를 기다려야만 했다. 그녀는 처량한 마음이 들어 R에게 우리가 미친 짓을 하는 게 아니냐 물었다. R은 묵직해 보이는 카메라 가방의 물기를 닦아내면서 이런 소낙비도 여행의 일부가 아니냐며 덤덤한 표정으로 반문했다. 그리고 카메라를 꺼내 뷰파인더 속에 비치는 그녀의 얼굴을 바라보다 자신의 인생에서 중요한 순간에는 늘 비가 왔다고 혼잣말처럼 덧붙였다. 여행 내내 별말이 없던 R에게 혼자 서운함을 품었던 자신이 조금 부끄럽게 느껴진 그녀는 괜스레 젖은 앞머리를 매만지며 자리에서 일어나 블랙커피를 두 잔 사 들고 말없이 R 옆에 다시 앉았다.

R은 눈앞의 풍경을 카메라에 담느라 여념이 없었다. 이윽고 검붉은 화산이 찍힌 엽서들이 빼곡히 전시된 매표소에서 마지막 배가 30분 후에 출항한다는 방송이 나왔다. 뜨거운 커피를 한 모금 마시고 주변을 돌아보니 같은 배를 기다리는 사람들이 하나둘씩 눈에 들어왔다. 주황색 점프슈트를 입고 어디론가 전화를 거는 선원도 보였고, 초콜릿을 먹으며 신문 보는 노인과 바닥에 앉아 닌텐도 게임을 즐기는 아이도 보였다. 갑작스러운 날씨도, 화산 폭발도 모두 불가항력임을 자신만 몰랐다는 생각에 헛웃음이 새어 나왔다.

비가 멈추지는 않았지만 제법 잔잔해진 파도 덕에 무사히 섬에 이르렀고, 도착한 숙소의 천장을 밤새 두드렸던 비도 아침이 되자 어둠과 함께 잦아들었다. 그녀는 홀로 슬리퍼를 신고 숙소 밖의 검은 모래 해변으로 걸어 나갔다. 안개 낀 새벽의 섬은 어떤 언어로도 표현할 수 없을 아름다움이었다. 평생을 이 섬에 살았다 해도 쉽게 얼굴을 돌릴 수 없을 풍경이라 생각하며 바지 호주머니에서 눅눅해진 담배 한 개비를 찾아 태웠다. 담배 연기는 차갑고 연약한 안개 속에 스며들어 그녀의 눈을 가렸다. 문득 이 외딴 섬에 서 있는 자신이 생경하게 느껴졌다. 어쩌다 이곳까지 오게 되었을까 생각하다 처음 R을 만난 그날의 하얀 공간을 떠올렸다. 이어서 유난히 흰 피부를 가진 그의 모습과 함께한 반년의 시간을 되돌아보며 여러 소회에 잠겼다.

*

그녀는 R이 자신을 사랑하지 않는다고 생각한 적은 없었다. 예컨대 매일 아침 부스스한 머리카락을 매만져주며 간밤에 푹 잤는지 묻고, 매일 저녁 컴퓨터 앞에서 굳어간 목과 어깨의 뭉친 근육을 풀어주려는 행위도 그녀에게는 모두 사랑이었다. 하지만 그런 사랑에 물리적인 거리감이 생긴 상태를 그녀는 상상하기 싫었다. 그녀도 R을 사랑한다고 믿어왔지만 언젠가부터 '떠남'을 염두에 둬버린 자신의 사랑은 거짓인 것만 같았다. 멀리 떨어지더라도 진짜 사랑이라면 관계를 지킬 방법을 함께 모색하기에도 바쁠 시간에 그녀는 혼자서 마음을 닫으려고 했고, 자신의 미래에 R의 모습을 그려 넣지 않았다. R도 그녀의 마음을 모르지는 않았기에 사랑을 말하지 못했나 싶었다. 구석구석 함께였던 그 공간들에 R이 혼자 있는 모습을 떠올렸다. 사랑에도 온도가 있다면, R에게 이런 미지근한 사랑밖에 줄 수 없게 된 죄책감으로 여기까지 온 것이 아닐까 하는 생각에 괴롭기까지 했다.

때마침 그쳤던 봄비가 다시 부슬부슬 내렸고, 더는 밖에 서 있을 수 없었다. 생각만으로는 마음의 문제를 해결할 수도 없었다. 숙소로 다시 들어가 아침이 온 줄도 모르고 깊은 잠에 빠진 R을 깨웠다. 산을 오르는 것 외에는 딱히 할 것이 없는 그곳에서 두 사람은 눅눅한 크로아상과 커피로 요기를 하고, 나갈 채비를 했다. 숙소 주인이 알려준 대로 미로처럼 연결된 새하얀 담벼락을 따라 손을 잡고 빗속을 걸었다. 눈인사로 스쳐 간 마을 주민들 외에 객지 사람으로 보이는 이들은 두 사람뿐이었다. 얼마 지나지 않아 하얀 마을을 벗어났고, 검고 가파른 흙길을 발걸음 맞추어 오르기 시작했다.

출발할 때 보였던 흰색의 커다란 등대가 손톱 크기만큼 작아보일 때쯤, 바다와 맞닿은 시커먼 활화산이 저 멀리 모습을 드러내었다. 해발 600m에 다다르자 그녀는 가쁜 숨을 고르려 멈추어 섰다. 절벽 위에 서서 고고한 얼굴의 분화구를 올려다봤다. 2000년이 넘도록 화산이라는 본질을 지켜온 그곳에서 갑자기 용암이 수직 상승했다. 장엄한 울림을 동반한 대포처럼 먹구름을 뚫고 잠시 사라지는 듯했다가, 이내 가파른 산을 타고 능숙하게 급강하했다. 뒤도 돌아보지 않고 도망치듯 흘러내린 붉은 용암은 순식간에 시커멓게 변색했고, 바다를 만나자마자 '취이-' 소리를 내며 힘없이 잠수했다. 잡고 있던 그녀의 손을 놓은 R은 분출 광경을 더 가까이 카메라에 담기 위해 산을 뛰어 올라갔다. 이내 천진난만한 표정으로 그녀에게 다시 뛰어 돌아와서는, 찍은 사진을 보여주며 흥분을 감추지 못했다. 이윽고 그들은 서로를 바라보았다.

그는 비에 젖어 가늘게 떠는 그녀를 등 뒤에서 끌어 안았다. 쇄골 위로 감싸 올려진 그의 두 팔의 무게에서 익숙한 온기가 전해지자 그녀는 홀로 미소 지었다. 가랑비로 촉촉해진 그의 뺨이 그녀의 귓가에 닿았다. 두 사람은 말없이 서서, 끝없이 뿜어 나는 회색 연기를 한참이나 바라보았다. R은 그녀에게, 이 순간 같이 있어 행복하다 했고, 그녀도 그에게, 혼자였다면 느끼지 못했을 모든 것에 고맙다고 했다. 그리고 이번 여행에서 찍은 사진을 잘 간직해 달라고도 말했다. R은 그녀의 머리칼에 고개를 파묻은 채, 언제든 다시 베를린으로 돌아오라고 나직하게 말했다. 그녀는 우두커니 해수면을 바라보다가, 방금 솟구친 그 붉은 용암이 서서히 침잠하고 있는 모습을 숨죽여 상상했다.

## Match and Touch

**L** 29

소설가가 되고 싶었던 변호사

어쩌면 이 둘은 각자의 지옥을 견디게 해줄 수단
으로 틴더를 찾았는지도 모르겠다. 그 어떤 상투
적인 이름도 붙이지 않은 관계, 그 속의 자유로
움에서 언제까지고 갇혀있길 원하는 듯했다.

L의 침대에서 술 취한 아기처럼 잠들었던 그녀가 혼자 눈을 떴다. 새벽 5시 47분, 침실 천장에 해먹처럼 매달린 천의 한가운데 쓰인 '옴<sup>OM</sup>'이라는 그림 같은 문자가 시야에 들어왔다. 입술을 열었다 닫으며 소리를 길게 내어보니 왠지 모르게 편안한 진동을 주는 이 소리가 L의 공간을 신성하게 채우는 듯했다. 이 침대를 박차고 일어난 L은 분명 17분 전쯤에 자전거를 타고 헬스장으로 향했을 것이다. 그녀가 몇 달 정도 관찰한 L은 매일 오전 5시 반에 운동하러 가고, 벽돌처럼 쌓인 법률 문서마다 자를 대어 밑줄 긋는가 하면, 출근 전에는 저녁에 먹을 스테이크용 고기를 생로즈메리와 함께 미리 숙성해두는, 매사에 완벽을 추구하는 사람이었다. 틴더에서 L의 존재를 처음 발견했을 때부터 무언가 남다른 성향을 가진 남자라고 생각했다. 서광이 비치는 숲을 배경으로 두툼한 터틀넥을 입고 선 무표정의 사진과 초월주의 철학가인 소로우<sup>H. D. THOREAU</sup>의 글을 인용한 그의 프로필은 육체미

만 뽐내는 남자들을 지루해하던 그녀의 눈에 단연 돋보였다. 광고 회사에서 전투적으로 일하는 그녀도 소로우가 살았던 미국의 콩코드로 언젠가 배낭여행을 가는 게 꿈일 만큼 그의 철학에 영향을 받은 여자였다. L은 그녀와 메시지를 몇 번 주고받자마자 주저 없이 만남을 제안했고, 그녀도 적극적인 L의 태도에 처음부터 마음이 끌렸었다.

걸어서 만날 수 있는 거리에 사는 두 사람은 첫 데이트로 저녁 식사를 함께했다. 동네에서 가장 오래된 이탈리안 레스토랑에서 노릇하게 구워진 라자냐를 먹으며 서로의 음식 취향과 유년 시절을 이야기했다. 밀린 집안일과 주말까지 이어진 잔업을 처리하느라 종일 분주했던 두 사람은 식당에 먼저 온 사람들보다 식사를 빨리 마쳤다. 레스토랑 밖은 여전히 환했고 건물의 담벼락은 넝쿨진 5월의 장미로 에워싸여 있었다. 두 사람은 온화한 날씨를 즐기려는 사람들로 붐비는 골목을 지나, 비교적 한산한 근처 기차역 방향으로 천천히 걷기로 했다. 길모퉁이 가게에 잠시 들러 아이스크림을 하나씩 사 먹는 여유도 부렸다. L은 좀처럼 먹을 일이 없던 맛이라며 초콜릿이 묻은 자신의 윗입술을 핥고서는 천진난만한 웃음을 살짝 지었다. 초저녁 바람에 그녀의 겨자색 원피스는 살랑였고, 청반바지에 낡은 갈색 운동화를 신은 그의 발걸음은 가뿐해 보였다. 해가 기울기 시작했고, 오른편에는 철도 침목이 촘촘하게 누워있었다. 가녀린 기차역 담장 사이사이 제멋대로 자라난 들풀에서 중소 도시 특유의 아늑한 분위기가 났다.

귓가를 울리는 기차 소리 덕에 두 사람은 수다스러울 필요 없이 느릿하게 걸었다. 그녀보다 동네를 잘 아는 L을 따라 걷다 보니 철도 위의 다리에 몇몇 사람들이 보였다. 앳된 대학생 같은 그들은 이삼 미터 높이의 철근 위에 올라앉아 담배를 태우거나 콧노래를 흥얼거렸다. 석양을 보려고 일부러 한가운데를 차지한 모양이었다. L은 우리도 한번 올라가 보자는 말이 끝나기 무섭게 철근 기둥을 딛고 훌쩍 올라가 그들처럼 걸터앉았다. 주춤하던 그녀도 어렵지 않게 그의 옆에 자리 잡았다. 그네를 탄 아이같이 두 사람의 다리는 대롱거렸고, 그들 앞으로는 탁트인 하늘 아래 시작과 끝을 알 수 없는 철로가 시원하게 뻗어있었다.

쉼 없이 이동하는 구름을 가만히 바라보던 L은 대뜸 틴더에서 먼저 말을 걸어주어서 고맙다고 말했다. 아무도 읽지 않을 거라 생각한 프로필의 인용구를 알아봐 준 그녀를 신기하게 생각하는 듯했다. 프로필 사진도 그 철학가가 살았던 호수가 배경이라고 했다. 문득 한가지 궁금해진 그녀는 그에게 지금 가진 모든 것을 내려놓고, 2년 만이라도 철저히 자급자족하며 살 수 있을지 물었다. 그는 그러한 삶을 시도해 볼 만한 장소는 죄다 유튜버와 관광객으로 넘쳐서 이제는 불가능할 것이라며 허탈하게 웃었다. 분명 그의 입은 웃고 있었지만, 핏빛의 낙조 때문인지 눈빛은 우수로 가득 차 보였다. 그녀는 반박할 수 없는 그의 대답에 고개를 끄덕였다가, 고독 속에서 행복할 자신이 없다고 대꾸했다.

날이 저물어 어둑해지자, 그는 넙데데한 철근 아래로 먼저 내려갔다. 위태롭게 내려오는 그녀의 뒤에서 허리를 붙잡아 착지시켰다. 그녀는 자신의 집 방향을 가리키며 이만 가보겠다는 마음에 없는 인사를 했고, 그는 아쉬웠는지 큰 건널목이 나올 때까지라도 좀 더 걷자고 했다. 언제 다시 만나자는 구체적인 말 없이 둘은 헤어졌고, 그녀는 그날 밤 침대에 누워 그의 틴더 프로필을 다시 열어 보았다. 그의 커다란 몸집 속에 가려졌던 연약한 구석을 봤다고 믿었고, 이전의 데이트 상대들처럼 과도하게 긍정적이지도, 멋있으려 애쓰지도 않아서 오히려 매력적인 사람이라고 생각했다. 다음 날 아침, 그는 요리해주고 싶다는 메시지로 의심의 여지 없는 호감을 표현했다.

그녀는 그가 만든 연어구이를 좋아하게 되었고, 아침에는 품이 넉넉한 그의 티셔츠를 빌려 입었다. 무더운 날이면 싱싱한 야채로 꽉 채운 월남쌈을 같이 해 먹으며 넷플릭스 드라마를 보기도 했다. 자연스레 두 사람은 거의 매주 금요일 밤을 함께 보내는 사이로 발전했다. 휴대폰은 구석에 밀쳐 놓은 채 서로의 세계를 점차 공유하며 시간을 보내던 어느 새벽, 그녀는 L이 자신의 인생을 실패작이라 평가한다는 사실을 알게 되었다. 그는 매일 아침 입는 양복은 그저 값비싼 코스튬일 뿐이라는 말을 하기도 했다. L은 어려서부터 고전 소설에 열광했고, 커서는 창작을 하고 싶었지만, 자신의 필력과 안정적인 미래에 확신이 없어서 일찌감치 진로를 바꿨다고 했다. 곧 서른을 앞둔 L은 잦은 출장 속에 원하지 않는 일을 책임져야 하는 자신의 삶을 종종 지옥이라고까지 표현했다. 그런 L을 내면 깊숙이 연민하는 그녀도 이혼이라는 풍파를 겪고 홀로 고향을 떠나온 탓에, 숱한 밤을 불면으로 뒤척이던 여자였다.

어쩌면 이 둘은 각자의 지옥을 견디게 해줄 수단으로 틴더를 찾았는지도 모르겠다. 그 어떤 상투적인 이름도 붙이지 않은 관계, 그 속의 자유로움에서 언제까지고 갇혀있길 원하는 듯했다. 함께 있을 때면 둘 다 지독한 일상은 입에 올리지 않았고, 서로에게 온전히 집중하기만을 바랐다. L은 여름날 그녀와 뫼르소의 태양을 운운하며 농담하거나, 그녀의 머리카락을 쓰다듬으며 시를 읽는 시간이 즐겁다고 말했다. 그녀 또한 L의 손으로부터 느껴지는 유일한 감각과 L의 동공 속에 비친 자신의 얼굴을 바라보다 잠들기를 그만두고 싶지 않았다.

L이 운동을 마치고 돌아오기까지 그녀에게 두 시간 정도가 남는다. 그녀는 다시 잠을 청하기엔 정신이 너무도 선명해서 그의 침대에 엎드려 글을 써보기로 했다. 책으로 둘러싸인 L의 침실에서 그녀는 L과의 이야기를 모은 자신의 글을 언젠가 책으로 남겨보면 어떨까 상상했다. 일단 시작으로 어젯밤 그녀의 몸에 일어난 초현실적인 이야기를 소설처럼 기록하기로 했다. 잊을 수 없는 경험의 흔적을 저장하려는 욕구였다.

6시간 전쯤, 소파에 비스듬히 누운 그녀의 무릎은 L의 묵직한 손으로 감싸여 있었다. 초속 1cm의 속도로 그녀의 복부를 향해 낙하하는 L의 손끝이 보였다. 그녀의 무릎과 L의 숨소리 사이를 따라 들어간 그곳엔 말초신경이 좁게 분포된 길이 하나 나 있었다. L은 그 길 따라 자그마한 언덕을 오르더니 동그란 문 하나를 찾았다고 신호를 보냈다. 배꼽을 12시 방향으로 봤을 때, 살짝 기울어진 1시 방향에 위치한 그 문은 손가락 지문부가 닿아야만 열리는 방식이라고 그녀에게 나지막한 목소리로 설명해주었다. 그녀는 혼자서 그 길을 가본 적은 있었지만, 문의 실체를 마주한 적은 한 번도 없었다. 이제껏 그녀의 상상 속에서만 존재해온 것이었다. 물결 모양으로 조금 거칠게 장식된 표면이라는 L의 묘사에 그녀는 갸우뚱했다. 그 문의 소유권은 줄곧 그녀에게 있었지만, 지금껏 그 누구에게서도 들어본 적이 없었던지라 어찌할 바를 몰랐다. 헤매지 않고 한 번에 문을 찾아낸 L에게 그녀는 자기 대신 열고 들어가 봐달라고 부탁했다. L은 억지로는 열 수 없는 문이라고 단언했다. 누군가 나올 때까지 두드려 볼 테지만 무서워할 필요는 없다며, 그녀의 불안을 요람 위의 아기 다루듯 천천히 잠재웠다.

서서히 그 거칠던 표면이 유약을 바른 것처럼 매끄럽게 길들어 갔다. L은 거기서 멈추지 않았다. 그의 오른손은 육중한 기관차의 바퀴도 회전시킬 만한 동력으로 문을 자극했다. 넓게 펼쳐진 왼손으로는 그녀의 자그마한 배꼽 위를 덮고 올라가 차차 압력을 가했다. L의 모든 움직임을 따라 경쾌하게 흔들리는 머리카락과 잿빛의 푸른 눈동자, L의 턱 끝에 맺힌 땀방울이 점점 커졌다. 벌어진 그녀의 입안은 사막도 불태울 듯 말라갔다. 이윽고 눈앞의 L의 윤곽마저 지워져 갔다. 지구 전체가 흔들리는 것만 같았다. 그녀는 울컥했다. 온몸의 세포가 태양열 충전기가 된 마냥 뜨겁고 폭발할 듯한 감각에 휩싸였다. 동시에 L의 손끝을 타고 예고 없이 사출된, 출처를 알 수 없는 액체를 목격했다. 무색무취였던 그 액체는 그녀의 몸에서 분리되는 순간 버려져야 하는 운명이었다. 눈물이나 땀처럼 역겹다거나 혐오스러워서가 아니었다. 원래 문밖으로 나왔어야 할 것을 여태 몰라줘서 미안한 마음도 들었다. L은 혼란스러운 듯한 그녀의 상기된 미간에 살그머니 자신의 입술을 한참이나 올려다 두었다. 몸에 걸친 모든 것을 내려놓아도 되는 L과의 사이가 극도로 평안하게 느껴졌다. L은 조심스레 소파에서 일어나 냉장고에서 꺼낸 시원한 물을 한잔 가져다주었다. 진한 남색의 타월 위에 고요히 떨리는 그녀의 하얀 내전근을 내려다보며 살며시 옆에 앉았다. 그녀는 두 팔을 뻗어 그렇게 몰두하여 부탁을 들어준 L의 뺨을 감싸 자신의 품으로 끌어당겼다. 문득 그녀는 영화 <쇼생크 탈출>의 한 장면을 떠올렸다. 감금되어 있던 이 원초적 감각을 만약 모르고 죽었다면, 애꿎은 전남편만을 얼마나 원망했을까. 잠시 생각하다 그만 소리 없는 웃음이 터졌다. 손끝으로 L의 귀를 간지럽히듯 어루만지며 말했다.

"조금만 더 이대로 있자.

너 하나 있으면, 지옥도 견딜 만하겠어.

어차피 난 천국에 아는 사람도 없거든…."

# 마일리지가
# 곧 소멸됩니다

**U** 33

마케터

그녀와 조금이라도 더 의미 있는 대화를 해보
고 싶었던 건지 아니면 그날따라 혼자 맥주를
마시기 싫었던 건지 그의 의도가 모호하게 느껴
지는 바람에 그녀는 추진력을 잃었다.

그녀는 틴더를 통해 몇 차례 이성을 만났었다. 온라인에서 대화가 어느 정도 매끄럽게 오간다 싶으면 얼굴을 맞대고 만나 보는 일에 시간을 끌지 않는 편이었다. 물론 메시지를 보내고 답이 오지 않는 일을 겪기도 했고, 첫 데이트 후에 애프터 신청을 거절하거나 거절당하기를 거듭하면서 새로운 만남의 기대와 두려움은 점차 희미해졌다. 그녀에 비해 U는 틴더로 막 발을 들인 상태였다. 프로필에 본명과 얼굴을 여과 없이 드러냈고, 캔버스화에 수수한 차림을 하고 서 있는 사진은 반듯한 모범생 이미지를 풍겼다. 쾌락 중추에 지배당한 듯한 남성들의 프로필에 비해 힘 하나 들이지 않고 돋보인 것이었다. 그녀와 매칭이 된 그는 채팅창에서 말끝마다 느낌표를 두세 개씩 붙이며 반가움을 표시했고, 둘 다 연애하고 싶을 만큼 좋은 사람을 찾아보려 틴더에 가입했단 사실을 확인했다. U는 그녀가 어떤 하루를 보내는지 궁금해하며 일상적인 주제로 대화를 이끌어 나가는 듯하다가, 부담스럽지 않다면 개인 메신저에서 이야기하는 게 어떻겠냐고 물었다. 낯선 앱에서 그녀와 함께 얼른 빠져나가고 싶은 것 같았다. 그녀는 놀랍지 않다는 듯 그의 메신저 아이디를 되물었다. 연락을 더 주고 받아보겠다는 의미였다. 직접 만나거나 전화 통화하는 사이로 승격되기 전에 거치는 통과의례이기도 했다. 곧바로 다닥다닥 붙은 메신저 친구 목록에 서로의 이름이 자리 잡도록 터를 내어주었다. 두 사람은 첫날부터 퇴근길 내내 연락을 주고받았다.

U는 그녀와 당장 맥주 한잔하길 원했지만, 퇴근 후에도 처리해야 할 잔업이 있던 그녀는 다음에 시간을 맞춰보자고 답했다. 그는 이해한다며 '무리하지 말라'고 두 번이나 대꾸했고, 그 흔하디흔한 말은 그녀의 머릿속에서 소리 없는 파장을 일으켰다. 목전에 다다른 일이 없었다면, 그와의 거리가 10km보다 더 가까웠다면, 혹은 한 번이라도 만난 적이 있었다면 '무리'를 해서라도 그를 만나러 방향을 틀었을지도 모른다고 생각했다. 하지만 그와의 대화창을 다시 들여다보니, 그녀와 조금이라도 더 의미 있는 대화를 해보고 싶었던 건지 아니면 그날따라 혼자 맥주를 마시기 싫었던 건지 그의 의도가 모호하게 느껴지는 바람에 그녀는 추진력을 잃었다. 누군가 필요하지만 부담스럽기는 싫은. 즉, 부담스러움보다는 외로

움이 더 편하기 때문에 결국 무리하진 말라는 말로 단 몇 초 만에 체념한 게 아닐까 하고 그의 심중을 타진했다.

그날 후로 U와 일주일 동안 메시지를 주고받다가, 그녀의 제안으로 전화 통화까지 하게 되었다. 주말을 보통 어떻게 보내는지, 술은 좋아하는지, 회사 일은 어떤지 세부정보를 채집하며 친밀함의 마일리지를 쌓아갔다. 그는 그녀보다 5살 많은 회사원이었고, 퇴근길에 혼자 강남의 LP 바에서 마시는 흑맥주를 좋아한다고 했다. 그녀는 야근이 잦은 스타트업 회사에서 일했고, 한 달에 한 번은 을지로의 휘황한 루프탑 바에서 친구들과 보드카를 첫차 탈 때까지 마시는 여자였다. 한 번도 홀로 술을 마시기 위해 어딜 가본 적 없던 그녀는 U를 그저 신기해했고, U 또한 특정한 날에만 친구들과 술을 마시는 그녀를 재미있어하는 듯했다. 최소한 술을 마실 줄 안다는 것 외에 접점이 없어 보이는 두 사람은 틴더에서 만난 사이에서 매일 연락하는 사이로 나아갔다.

하필이면 금요일 밤에 각자 오래된 선약이 있었던 두 사람은 즐거운 시간을 보내라는 깔끔한 메시지로 예의를 차렸고, 다음날에는 전날 사진으로 저장해 두었던 근사한 술병이나 멋진 풍경을 공유하면서 실제로 보여주고 싶었다는 미약한 진심도 함께 전했다. 주말에는 예보대로 한반도 전체를 덮친 태풍 탓에 각자의 집에서 고립된 채 통화를 하다가, 며칠 후 추석 연휴 전날에 저녁을 같이 먹기로 약속을 정했다. 통화가 끝난 후, 그녀는 요란스러운 강풍과 폭우에도 아랑곳하지 않고 U가 추천해준 음악을 들으며 얌전히 주말을 보냈다.

태풍이 거짓말처럼 지나가고 난 9월의 밤공기는 싱그러우면서도 음습했다. 하지만 낮 공기는 8월의 더위를 붙잡고 있었다. 두 사람이 만나기로 한 날, 일이 먼저 끝난 그녀는 민소매 원피스를 입고 그가 사는 강남으로 곧장 이동했다. 길거리의 표정 없는 사람들은 번쩍거리는 명절용 선물 세트를 들고서 어디론가 향하고 있었다. 지하철을 타고 동호대교를 건너던 그녀는 창밖을 바라봤다. 오랫동안 보지 못했던 평일 오후 4시의 풍경이 지나가고 있었다. 연휴의 시작으로 인산인해를 이룬 강남역을 빠져나와 약속장소인 교보문고로 걸어갔다. 두 사람은 미리 계획이라도 한 듯 네이비색 옷을 입고 나온 서로를 발견하고서는 쭈뼛거리며 인사를 나누었다. 몇 번의 통화로 친숙해진 그의 목소리는 여전히 차분했지만, 그녀는 기묘한 감정이 들었다. 이제껏 상상해오던 그에 대한 감정과 그를 실제로 보고 듣는 순간 새롭게 촉발된 감정이 뒤섞이는 것 같았다. 그 과정에서 U와 함께 있고 싶은 동시에 달아나고 싶은 양가적인 마음이 스쳤다. 하지만 첫 데이트마다 겪는 긴장과 혼란일 뿐이라 단정 짓고서는 그와 저녁 메뉴를 주제로 정적을 깨뜨리는 데만 집중하려고 했다.

그녀가 기억하는 첫 만남은 지극히 일상적이었다. 아스팔트에서 피어오른 복사열에 등은 땀으로 젖었고, 손에는 얼떨결에 받아든 어학원 전단이 들려 있었다. 그녀만큼이나 더위에 헐떡이던 U와 이른 저녁을 먹기로 한 커다란 일식당에 찾아 들어갔다. 최신형 에어컨 아래 잠시 늘어져 있다가, 드라마틱했던 지난 한 주를 이야기하면서 시원한 하이볼 잔을 서로 부딪쳤다. 일본식 덮밥과 우동으로 배를 채우며, 서로의 직업에 제법 많은 질문을 주고받았다. 식당 안의 특이한 목제 장식품이나 옆 테이블에 앉은 손님들이 먹던 음식에 대해서도 조곤조곤 말하다가, 곧 있을 추석에 결혼 안 할 거냐는 일가친척들의 간섭에 어떻게 대응하면 좋을지에 농담조로 토론을 벌이기도 했다. 그러면서 빠르게 들이킨 잔술에 두 사람은 취기가 돌아 얼굴이 더워졌다.

저녁 식사를 마치고 나선 시각에도 길거리는 제법 환

했고, 몽롱해진 정신을 깨우기 위해 함께 조금 걷기로 했다. 스쳐 가는 수많은 사람과 거리의 소음 사이에 두 사람은 할 말을 잃은 듯했다. 그녀는 문득 수년 전 강남역 부근에서 일했던 기억이 떠올라 혼자 허탈한 웃음을 지었다가, 얼굴을 돌려 U를 쳐다보았다. 그의 안색은 눈에 띄게 창백했고, 속이 좋지 않은 듯 명치에 주먹을 얹고 있었다. 그녀는 어찌할 바를 몰라 집에 가서 쉬는 게 어떻겠냐고 말했고, 그는 고개를 끄덕이며 미안하지만 그래야겠다고 말했다. 테헤란로 위에서 웅얼거리며 작별 인사를 나누었다. 그녀는 뒤돌자마자 지하철 출구에서 쏟아져나오는 활기찬 사람들 틈으로 계단을 터덜터덜 밟고 내려갔다. 아픈 사람을 두고 돌아선 냉정한 사람이 된 것 같았어도 달리할 수 있는 게 없었다. 그녀는 집으로 돌아가지 않고 다음 날 가기로 계획했던 본가로 직행했다. U의 체증이 전염이라도 된 것인지 식도에 미미한 이물감이 느껴졌다. 도착하자마자 냉장고에서 냉수를 꺼내 벌컥벌컥 들이켰다. 그리고선 소파에 힘없이 앉아 잠들었다. 그녀의 가족 모두 그녀가 왜 그러는지 알지 못했다.

이튿날 아침 그는 속이 괜찮아졌다고, 그렇게 보내서 미안하다고 메시지를 보냈다. 그녀는 다음에는 자신이 잘 아는 식당에서 밥을 먹자는 제안을 했고, 그는 기대한다는 답을 남기고 명절을 쇠러 시골로 내려갔다. 그녀는 그에게 반한 건 아니었지만, 일에 대한 그의 자신감이 멋졌고 대화가 잘 되는 편이라고 생각했다. 하지만 명절이 끝난 후에 그녀가 먼저 남긴 안부 메시지에 그는 며칠이 지나도록 묵묵부답이었다. 답을 하고 안하고는 U의 선택이었지만, 상처를 받고 안 받고는 그녀의 선택이 아니었다. 그의 본심을 알 수 없어 답답했다. 자신을 향했던 그의 시선과 오고 갔던 말들을 떠올려도 현재 상황을 납득하게 해줄 만한 부분을 찾을 수 없었다. 겨우 쌓아둔 친밀함의 마일리지는 소멸하기만을 기다리는 것 같았다. 첫눈에 반하는 기적이 일어나지 않아서 뒷걸음치는 거라면, 좋은 사람 만나라는 상투적인 한마디라도 보내주길 부질없이 바랐다. 최소한 괜찮은 사람으로 기억하게 하고픈 의지도 없는 이에게 마음을 쓸 여력은 얼마 못 가서 바닥을 보였고, 이별 통보도 메시지로 하는 세상에 남자한테 답장 하나 받지 못했다고 의기소침해하는 건 친구들에게 놀림당할 짓일 뿐이라고 생각했다.

그 후 석 달이 지났고 해가 바뀌었다. U는 그녀의 틴더 앱에서 지워졌지만, 그녀의 메신저 친구 목록에서는 여전히 자리를 차지했다. 그녀는 마음만 먹으면 차단이라는 기능으로 손쉽게 그의 이름을 생매장해버릴 수도 있었다. U의 얼굴과 목소리마저도 가물가물하면서 친구목록에 굳이 남겨두는 건 자신답지 않은 행동이라 생각했다. 이상하게도 '그 사람은 그냥 네가 별로인 거야.'와 같은 싱거운 해석으로 단념할 수 없었다. 그의 본심만 모르는 게 아니라 자신의 마음도 이해할 수 없는 지경이었다. 그녀에게 U는 말로 경계를 지어 표현할 수 없는 찝찝하고 미묘한 대상으로 남았다. 그러고도 넉 달이 더 흘렀고, 그녀는 U가 첫 번째 만남 후로 왜 변심한 건지 모르는 채로 살아갔다. 그걸 따지기에는 이미 오랜 시간이 지났고, 구태여 알고 싶지도 않았다. 중요한 건 두 사람 사이에는 더 이상의 교류도 없었을뿐더러, 그녀는 틴더에서 새로 사귄 동네 친구와 식사 대신 호프집에서 맥주 한 잔 놓고 수다 떠는 담백한 관계에 만족하고 지냈다. 하지만 그마저도 얼마 지나지 않아 보이지도 만져지지도 않는 신종전염병의 공포에 멈춰야만 했다. 한 번도 살아보지 못한 세상이 곁에 불쑥 다가와 버린 것이었다. 마음 편히 외출하던 예전을 그리워 해볼 틈도 없이 새로워진 삶의 방식에 기민하게 적응하는 일에만 집중해야 했다. 주중에 반복하던 출퇴근의 고통은 없어졌고, 박음질이 다 보이게 뒤집힌 잠옷 바지를 입고 있어도 지적받을 일 없는 집에서 근무하는 방식은 달콤하게 느껴졌다. 하지만 일과 휴식의 경계가 허물어지고, 친구들을 만나기도 어려워진 하루 하루에 그녀는 조금씩 지쳐갔다.

봄기운에 나른해진 어느 늦은 오후, 외로이 업무를 보는 중에 틀어놓은 라디오에서 어느 가수의 소울풀한 목소리가 느닷없이 그녀의 공간에 번졌다. U가 예전에 알려준 노래였다. 라디오 DJ는 단기간에 그래미 신인상 후보까지 오른 그 가수를 입이 마르도록 칭찬하며 소개했고, 희한하게도 그 음악을 처음 들었던 날의 기억이 자동 재생되었다. 몇 개의 움직이는 이미지가 두서없이 머릿속을 휘저었다. 자막 없는 흑백 영화를 본 것 같은 느낌이었다. 갑작스러운 만남을 제안하던 그의 진심을 모르겠다며 불안해하던 모습도 보였고, 다시 만날 것처럼 말하다 잠적한 그의 무례함에 샐쭉거리던 표정, 지하철 출구에서 기운 없이 인사하던 U의 실루엣 같은 장면들이 몇 초짜리 예고편처럼 영사되었다가 이내 사라졌다. 조각난 그 장면들은 아무래도 멜로보다는 시트콤에 가깝다는 생각도 들었다. 그와 특별한 사이도 아니었으면서 답장을 원했던 자신의 모습이 어색하고 민망하기까지 했다. 단시간에 온갖 감정을 총출동시키는 멜로디의 힘에 그녀는 굴복한 듯, 하던 일을 잠시 멈추었다. 거슬리던 마음이 말끔히 사라진 것은 아니었다. 관심 없음을 답장하지 않음으로 대신한 것은 변함없이 부조리하다고 느꼈기 때문이었다.

감미롭기만 한 그 노래는 클라이맥스에 다다랐다. 그를 메신저 친구 목록에서 없앨 때가 왔다는 생각이 들었다. U에게서 둔감해질 유일한 방법이라 믿었다. 그녀는 컴퓨터 화면에서 업무 보던 창을 내리고 스크롤을 한참 내려 그의 뒷모습이 보이는 프로필 사진을 찾았다. 사진 속 그의 뒷모습은 변함없이 외로워 보이기도 했고 고독을 즐기는 것 같기도 했다.

아무 말 없이 인연을 놓아버리는 사람도 어쩌면 휴대폰으로 전파된 신종전염병에 걸린 게 아닐까 싶었다. 그녀는 형식적이더라도 마지막 한마디를 전하고 얼른 대화창을 떠나야겠다고 자신을 설득했다. 일전에 알려주었던 노래를 우연히 듣다가 안부를 묻는다고 운을 띄우고서, 잘 지내시고 좋은 분 만나셨길 바란다고 마치 마감일에 쫓기는 사람처럼 메시지를 전송했다. 이어서 자신이 답을 하지 않았던 다른 대화창 세 군데 모두에도 순차적으로 답했다. 그 사이 라디오에선 다른 음악이 나왔고, 놀랍게도 그는 휴대폰을 붙잡고 있었는지 이내 오랜만이라며 잘 지냈냐는 상냥한 말투로 반응했다. 그동안 이직하고 이사하느라 정신없었다고 이어 말했다. 답장을 안 했다는 사실을 전혀 모르는 눈치였다. 시간이 너무 빠르게 가버렸지만 자신이 하고 싶었던 일을 하는 데도 힘이 든다며, 대학원까지 다닌다는 근황도 전했다. 독백에 가까운 대답이었다. 그 순간 그녀는 가슴 안에서 마치 장난감 폭죽 하나가 터진 느낌이었다. 희뿌연 연기만 남은 관계라는 사실이 피부로 다가왔다. 떠들썩한 이별은 당연히 불필요했고, 미지근한 안부 한 번 묻고 나면 더는 할 말이 없는 사이라는 것을 인정할 수밖에 없었다.

라디오에선 광고가 나오기 시작했다. 그녀는 미처 예상하지 못한 그의 답변을 신속히 처리하기로 했다. 그처럼 무심한 태도를 고수 할 수도 있었지만, 그녀는 그와 다르고 싶었다. 그래서 직속 상사에게 쓰는 말투로 그를 치켜세우며 경제활동을 하면서 공부까지 하는 건 대단한 일이라고, 어수선한 시국이지만 지지치 말고 무탈한 봄날 보내라고, 답장해 줘서 고맙다는 메시지를 보냈다. 그녀는 결국 그와 별 볼 일 없는 사이가 되었지만, 그 사이의 경계선을 마련해주고 안녕을 빌어주는 '무리'를 범했다. 그리고 대화창을 나가는 '확인' 버튼을 누르는 순간, 모든 텍스트는 소실점 너머로 완벽히 숨겨졌다. 2초면 충분했다. 그녀는 컴퓨터 화면 너머 창밖을 멍하니 내다보았다. 살다 보면 대비할 수 없는 상황을 앞으로도 무수히

마주치겠지만, 잠깐의 비바람이 지나간 뒤의 남은 자리가
지저분하지만 않아도 다행이라 생각했다.


2020년 4월 17일 오후 10:02, U :
'고맙긴요-!ㅎㅎ'

# Review

처음 그녀의 원고를 읽었던 워크숍 자리에서 나는 그녀에게 "소설 같아요."라고 말했다. 하지만 돌이켜 생각해보니 이 책 속 이야기들을 '소설 같다.'라고 표현한 건 내 인생에서 일어났던 수많은 소설 같고 영화 같은 만남과 그 속에서 느꼈던 내 감정을 외면하는 일이 아니었나 싶다.

**번영의 리뷰**

'맘에 안 드는 그녀에게 계속 전화가 오고, 내가 전화하는 그녀는 나를 피하려 하고. 거리엔 괜찮은 사람 많은데 소개를 받으러 나간 자리엔 어디서 이런 여자들만 나오는 거야~ 이야이야이야이야' 1990년대에 학창 시절을 보낸 사람들에겐 아주 익숙한 노랫말이다. 제목은 '신인류의 사랑'.

당시만 해도 이성에 대한 솔직한 감정을 드러내는 것이 터부시되어서 평론가들은 직설적인 노랫말을 꼬집으며 음악적으로 저급하다고 혹평했다. 그럼에도 불구하고, 당시의 1~20대에게는 큰 공감을 얻으며 대히트를 쳤다.

그로부터 약 20년이 지난 요즘 젊은이들에겐 쉽게 이성을 찾는 방법이 있다. 아니 '쉽게 고를 수 있다.' 가 더 정확한 표현일지도 모르겠다. 매일 손에 달고 다니는 스마트 폰의 틴더앱을 열어 엄지손가락을 좌우로 흔들면 단 몇 분 사이에 수십 명의 이성을 소개받은 셈이 된다. 이것이 그들은 꿈에도 상상하지 못했을 진짜 '신인류의 사랑'이다.

**종훈의 리뷰**

한국 소비자 지출 상위 10위 어플리케이션 중 '데이팅 어플'이 3개나 올랐다고 하는데 주변에서 당당하게 '나 데이팅 어플로 애인 만들었다.'라는 말을 들어보기란 여간 쉬운 일이 아니다. 흔히 '가벼운 만남'이나 '목적성이 매우 뚜렷한 만남'을 위한 용도로 치부 당하기 일쑤인지라 마치 '침대 밑에 숨겨 놓은 야한 잡지' 같은 취급을 받는 듯하다. 작가는 '당신이 생각한 거랑은 다르다구!'라고 꾸짖듯이 스와이프라는 간단한 행위를 통해 태어나고 자라나서 뜨거워지고 차갑게 식고마는 관계의 다양한 형태를 그려낸다.

**덕화의 리뷰**

나는 틴더를 한 번도 써보지 않았다. 알고 있는 거라곤 데이팅 앱이라는 것과 하룻밤 상대를 찾기에 좋다더라 정도. 이 앱에 대한 나의 가벼운 인상이 그녀의 글에 대한 기대에도 고스란히 전해졌다. 스와이핑 몇 번으로 하룻밤 상대를 찾는 딱 그 정도의 감정과 오락거리를 담은 글일 거라고 생각했다. 하지만 서아가 첫 글을 가져왔을 때 나는 그게 얼마나 편협하고 오만한 생각이었는지 깨달았다.

나는 이 책 속의 여러 관계들을 읽어나가며 나의 욕망에 흠뻑 젖었다가 또 말랐다가를 반복했고 내 지난 관계들을 복기해보기까지 이르렀다. 쉽게 만나고 헤어진 만남 일지라도 내 안에 들어온 사람은 어떻게든 나에게 흔적을 남긴다. 그리고 그 흔적을 발자취 삼아 더 나은 방향으로 나아간다. 그게 아픈 생채기 일지라도. 그렇기에 끊을 수 없는 이 매력적인 '관계'의 생로병사를 이 책은 덤덤히 말해주고 있다.

**이도의 리뷰**

# Epilogue

## 평범한 사람들의 이야기

2019년 여름 내내 이 책을 쓰는 일에 매달렸다. 매주 글쓰기 워크숍에서 지정해준 원고 데드라인에 박자를 맞추느라, 엉덩이에 땀이 차는 시간을 보냈다. 생업이 끝나면 술을 마시러 나가는 대신, 집에서 허공에 뜨개질하는 듯한 기분으로 키보드를 두드렸다. 보이지도 만져지지도 않는, 어떠한 내적 필연성이 발동해 워크숍에 제 발로 들어간 후로 지금 이 에필로그를 다듬는 순간까지 쉼 없이 몰두했다. 그 내적 필연성이란, 이 책 속의 '그녀'들로부터 들은 '이야기'가 소멸되기엔 아까운 마음에서 기인하였다. 퇴고를 앞두고 다시금 생각해보니, 연애 관계에서 실제로 발생한 서사적인 것의 의미를 잃기도, 잊기도 싫었다고 할 수도 있겠다. 또한, 이 <헬로, 스트레인져(Hello, Stranger)>를 다 읽은 독자라면 이미 알아챘겠지만, 나는 틴더 자체보다는 틴더로 만난 사람들의 '이야기'에 방점을 찍으려 했다.

글쓰기 워크숍 멤버들에게 초고를 처음 공개했을 당시, 상당수는 틴더를 통한 만남 자체를 신기하게 여길 뿐 아니라, 어떤 부분은 소설 같다는 코멘트도 해주었다. 그러한 반응에 지나가는 말로 '현실이 소설보다 더 소설같이 느껴질 때가 많아 글을 쓰게 되었다'고 말했던 기억이 난다. 사실 나를 비롯한 그녀와 그들 모두 월세 아니면 전세인 현실에 있고, 일상에 신음하기 마련인 이삼십대의 우리들은, 디지털 시대가 열어준 새로운 만남의 가능성을 현실로 만든 것뿐이다. 평생 양탄자 깔린 삶도, 늘 장밋빛인 연애도 없다는 것을 우리는 너무도 잘 알고 있기에, 휴대폰을 붙잡고 틈틈이 서로의 버거운 삶에 심심한 위로의 말을 전해왔고, 틴더란 매개체로 이어진 서로의 관계를 이해하고 싶어서 함께 해석하고 또 분석하기도 했다.

원고를 중반 정도 써 내려갈 때 즈음에는, 주인공들의 관계를 현미경으로 들여다보며 마치 보고서를 쓰는 것만 같이 느낀 적도 있었다. 혹시나 독재자처럼 그들의 말과 행동에 편견의 프레임을 두고 보는 건 아닌가 싶어 스스로를 계속해서 점검해야만 했고, 무엇보다 개인 고유의 응축된 감정을 정의 내리는 것은 생각보다 쉽지 않았다. 그럼에도 불구하고 지극히 사적인 그들의 관계를 문장으로 옮기는 일에 도전했던 것은, 세속적 이익을 지향하지 않고, 비논리적이기도 하고, 역동적이며, 그 무엇으로도 대체할 수 없는 유일무이한 이야기의 가치를 공유하고 싶었기 때문이다. 그리고 한없이 부족한 내가 책을 쓸 수 있을 거라 믿어주며 기꺼이 글의 밑감이 되어주고, 시도 때도 없는 나의 연락에도 변함없는 다정함을 보여준 모든 이들에게 지면을 빌어 고맙다는 말을 꼭 전하고 싶었다.

나는 사람이 사람을 만나 영향을 주고받으며, 변화하고 성장하는 관계의 신비로운 힘을 믿는다. 틴더에서든 어디서든, 친구든 데이트 상대든, 관계로부터 자신이 진정으로 무엇을 얻기를 원하는지 파악하고 집중하는 데 부디 의미를 찾기 바란다. 끝으로 자신만의 인연을 찾는 그 여정에 있는 이들 모두, 이 책을 땔감 삼아, 따스한 마음을 나누는 만남이 끊이지 않기를 바라본다.

2020년 가을에
서 아

# 작가 소개

# 서아

고향은 인터넷,
인터넷이 느린 영국과 유럽 일대를 10년간 떠돈
자칭 외로움 전문가.

글래스고 예술대학에서 회화와 판화를 전공했다.
예술가 친구가 빌려준 릴케의 <말테의 수기>를 읽은 후로
직접 보고 듣고 느낀 세상을 써내려가는 일에 중독 됐다.

# 헬로, 스트레인져

© 서아, 2020

글
**서아**

초판 1쇄 펴냄 **2020년 11월 23일**

기획 · 편집 **서아, 송재은**
펴낸이 **송재은**
디자인 **김현경**
도움 **틴더 코리아** tinder korea

펴낸곳 **warm gray and blue (웜그레이앤블루)**
이메일 **warmgrayandblue@gmail.com**
인스타그램 **@warmgrayandblue**
출판 등록 **2017년 9월 25일 제 2017-000036호**

ISBN **979-11-962358-9-5 (03810)**